BALZAC

CB139008

Um episódio durante o Terror

seguido de

A falsa amante

www.lpm.com.br

L&PM POCKET

COLEÇÃO 96 PÁGINAS

Texto de acordo com a nova ortografia.

Título original: *Un épisode sous la Terreur / La Fausse maîtresse*
Tradução de Um episódio durante o terror: Rejane Janowitzer
Tradução de A falsa amante: Rubem Mauro Machado
Capa: Ivan Pinheiro Machado. *Ilustração*: © iStock (Grafissimo)
Revisão: Elisângela Rosa dos Santos e Jó Saldanha

CIP-Brasil. Catalogação na publicação
Sindicato Nacional dos Editores de Livros, RJ

B158e

Balzac, Honoré de, 1799-1850
Um episódio durante o Terror *seguido de* A falsa amante / Honoré de Balzac; [tradução Rejane Janowitzer, Rubem Mauro Machado]. – 1. ed. – Porto Alegre [RS]: L&PM, 2025.
96 p. ; 18 cm.

Tradução de: *Un épisode sous la terreur / A fausse maîtresse*
ISBN 9786556665757

1. Ficção francesa. I. Janowitzer. Rejane. II. Machado, Rubem Mauro. III. Título.

25-97694.0 CDD: 843
CDU: 82-3(44)

Meri Gleice Rodrigues de Souza - Bibliotecária - CRB-7/6439

© da tradução, L&PM Editores, 2012, 2008

Todos os direitos desta edição reservados a L&PM Editores
Rua Comendador Coruja, 314, loja 9 – Floresta – 90.220-180
Porto Alegre – RS – Brasil / Fone: 51.3225.5777

Pedidos & Depto. comercial: vendas@lpm.com.br
Fale conosco: info@lpm.com.br
www.lpm.com.br

Impresso no Brasil
Outono de 2025

Sumário

Apresentação

Balzac e "A comédia humana"

"A comédia humana" é o título geral que dá unidade à obra máxima de Honoré de Balzac e é composta de 89 romances, novelas e histórias curtas.[1] Este enorme painel do século XIX foi ordenado pelo autor em três partes: "Estudos de costumes", "Estudos analíticos" e "Estudos filosóficos". A maior das partes, "Estudos de costumes", com 66 títulos, subdivide-se em seis séries temáticas: Cenas da vida privada, Cenas da vida provinciana, Cenas da vida parisiense, Cenas da vida política, Cenas da vida militar e Cenas da vida rural.

Trata-se de um monumental conjunto de histórias, considerado de forma unânime uma das mais importantes realizações da literatura mundial em todos os tempos. Cerca de 2,5 mil personagens se movimentam pelos vários livros de "A comédia humana", ora como protagonistas, ora como coadjuvantes. Genial observador do seu tempo, Balzac soube como ninguém captar o "espírito" do século XIX. A França, os franceses e a Europa no período entre a Revolução Francesa e a Restauração têm nele um pintor magnífico e preciso. Friedrich Engels, numa carta a Karl Marx, disse: "Aprendi mais em Balzac sobre a sociedade francesa da primeira metade

---

1. A ideia de Balzac era que "A comédia humana" tivesse 137 títulos, segundo seu Catálogo do que conterá "A comédia humana", de 1845. Deixou de fora, de sua autoria, apenas *Les cent contes drolatiques*, vários ensaios e artigos, além de muitas peças ficcionais sob pseudônimo e esboços que não foram concluídos.

do século, inclusive nos seus pormenores econômicos (por exemplo, a redistribuição da propriedade real e pessoal depois da Revolução), do que em todos os livros dos historiadores, economistas e estatísticos da época, todos juntos".

Clássicos absolutos da literatura mundial como *Ilusões perdidas*, *Eugénie Grandet*, *O lírio do vale*, *O pai Goriot*, *Ferragus*, *Beatriz*, *A vendeta*, *Um episódio do terror*, *A pele de onagro*, *Mulher de trinta anos*, *A fisiologia do casamento*, entre tantos outros, combinam-se com dezenas de histórias nem tão célebres, mas nem por isso menos deliciosas ou reveladoras. Tido como o inventor do romance moderno, Balzac deu tal dimensão aos seus personagens que já no século XIX mereceu do crítico literário e historiador francês Hippolyte Taine a seguinte observação: "Como William Shakespeare, Balzac é o maior repositório de documentos que possuímos sobre a natureza humana".

Balzac nasceu em Tours, em 20 de maio de 1799. Com dezenove anos convenceu sua família – de modestos recursos – a sustentá-lo em Paris na tentativa de tornar-se um grande escritor. Obcecado pela ideia da glória literária e da fortuna, foi para a capital francesa em busca de periódicos e editoras que se dispusessem a publicar suas histórias – num momento em que Paris se preparava para a época de ouro do romance-folhetim, fervilhando em meio à proliferação de jornais e revistas. Consciente da necessidade do aprendizado e da sua própria falta de experiência e técnica, começou publicando sob pseudônimos exóticos, como Lord R'hoone e Horace de Saint-Aubin. Escrevia histórias de aventuras, romances policialescos, açucarados, folhetins baratos, qualquer coisa que lhe desse o sustento. Obstinado com o futuro, evitava usar o verdadeiro nome para dar autoria a obras que considerava (e de fato eram) menores. Em 1829, lançou o primeiro livro a ostentar seu nome na capa – *A Bretanha em 1800* –, um romance histórico em que tentava seguir o estilo de Sir

Walter Scott (1771-1832), o grande romancista escocês autor de romances históricos clássicos, como *Ivanhoé*. Nesse momento, Balzac sente que começou um grande projeto literário e lança-se fervorosamente na sua execução. Paralelamente à enorme produção que detona a partir de 1830, seus delírios de grandeza levam-no a bolar negócios que vão desde gráficas e revistas até minas de prata. Mas fracassa como homem de negócios. Falido e endividado, reage criando obras-primas para pagar seus credores numa destrutiva jornada de trabalho de até dezoito horas diárias. "Durmo às seis da tarde e acordo à meia-noite, às vezes passo 48 horas sem dormir...", queixava-se em cartas aos amigos. Nesse ritmo alucinante, ele produziu alguns de seus livros mais conhecidos e despontou para a fama e para a glória. Em 1833, teve a antevisão do conjunto de sua obra e passou a formar uma grande "sociedade", com famílias, cortesãs, nobres, burgueses, notários, personagens de bom ou mau caráter, vigaristas, camponeses, homens honrados, avarentos, enfim, uma enorme galeria de tipos que se cruzariam em várias histórias diferentes sob o título geral de "A comédia humana". Convicto da importância que representava a ideia de unidade para todos os seus romances, escreveu à sua irmã, comemorando: "Saudai-me, pois estou seriamente na iminência de tornar-me um gênio". Vale ressaltar que nesta imensa galeria de tipos, Balzac criou um espetacular conjunto de personagens femininos que – como dizem unanimemente seus biógrafos e críticos – tem uma dimensão muito maior do que o conjunto dos seus personagens masculinos.

Aos 47 anos, massacrado pelo trabalho, pela péssima alimentação e pelo tormento das dívidas que não o abandonaram pela vida inteira, ainda que com projetos e esboços para pelo menos mais vinte romances, já não escrevia mais. Consagrado e reconhecido como um grande escritor, havia construído em frenéticos dezoito anos este monumento com quase uma centena de livros. Morreu em 18 de agosto de

1850, aos 51 anos, pouco depois de ter casado com a condessa polonesa Ève Hanska, o grande amor da sua vida. O grande intelectual Paulo Rónai (1907-1992), escritor, tradutor, crítico e coordenador da publicação de "A comédia humana" no Brasil, nas décadas de 1940 e 1950, escreveu em seu ensaio biográfico "A vida de Balzac": "Acabamos por ter a impressão de haver nele um velho conhecido, quase que um membro da família – e ao mesmo tempo compreendemos cada vez menos seu talento, esta monstruosidade que o diferencia dos outros homens".[2]

A verdade é que a obra de Balzac sobreviveu ao autor, às suas idiossincrasias, vaidades, aos seus desastres financeiros e amorosos. Sua mente prodigiosa concebeu um mundo muito maior do que os seus contemporâneos alcançavam. E sua obra projetou-se no tempo como um dos momentos mais preciosos da literatura universal. Se Balzac nascesse de novo dois séculos depois, ele veria que o último parágrafo do seu prefácio para "A comédia humana", longe de ser um exercício de vaidade, era uma profecia:

"A imensidão de um projeto que abarca a um só tempo a história e a crítica social, a análise de seus males e a discussão de seus princípios autoriza-me, creio, a dar à minha obra o título que ela tem hoje: "A comédia humana". É ambicioso? É justo? É o que, uma vez terminada a obra, o público decidirá."

Ivan Pinheiro Machado

---

2. RÓNAI, Paulo. "A vida de Balzac". *In*: BALZAC, Honoré de. *A comédia humana*. Vol. 1. Porto Alegre: Globo, 1940. Rónai coordenou, prefaciou e executou as notas de todos os volumes publicados pela Editora Globo.

Um episódio durante o Terror[1]

Ao senhor Guyonnet-Merville[2]
Não é preciso, caro e antigo patrão, explicar às pessoas curiosas de tudo conhecer onde eu consegui me inteirar suficientemente dos procedimentos para conduzir as questões do meu mundinho e consagrar aqui a memória do homem amável e espiritual que dizia a Scribe[3], *outro ajudante de escrivão, "Pode passar à sala de trabalho, eu lhe garanto que há serviço" ao encontrá-lo no baile?; mas você necessita desse testemunho público para ter certeza da afeição do autor?*

De Balzac.

---

1. Terror: dá-se o nome de "Terror" ao período da Revolução Francesa caracterizado por grande perseguição política iniciado em 31 de maio de 1793, com a queda dos girondinos, e vai até 28 de julho de 1794 (10 de Termidor pelo calendário republicano), quando Maximilien Robespierre é guilhotinado. (N.E.)

2. Sr. Guyonnet de Merville (1773-1855): advogado do Tribunal de 1ª instância da região do Sena, na Rue Coquillière. (N.T.)

3. Scribe, Augustin-Eugène (1791-1861): autor dramático, aparece em muitas outras obras de "*A comédia humana*", como *Ilusões perdidas*. (N.T.)

No dia 22 de janeiro de 1793, por volta das oito horas da noite, uma velha senhora descia, em Paris, a ladeira que termina diante da igreja Saint-Laurent, no *faubourg* Saint-Martin. Tinha nevado tanto o dia inteiro que os passos mal eram ouvidos. As ruas estavam desertas. O temor bastante natural que aquele silêncio inspirava era aumentado por todo o terror que fazia então gemer a França: era a razão da velha senhora não ter encontrado ninguém; contudo, sua vista enfraquecida há muito tempo não lhe permitia enxergar ao longe, à luz das lanternas, alguns passantes esparsos como sombras na imensa avenida daquele *faubourg*. Ela ia corajosamente sozinha através daquele ermo, como se sua idade fosse um talismã que devesse preservá-la de qualquer desgraça. Quando terminou de passar pela Rue des Morts, acreditou distinguir o passo pesado e firme de um homem andando atrás dela. Achou que não estava escutando aquele barulho pela primeira vez; assustou-se por estar sendo seguida e tentou ir ainda mais depressa a fim de chegar a uma loja suficientemente iluminada, esperando poder verificar na luz as suspeitas que a invadiam. Assim que se viu no raio de luz horizontal que partia da loja, virou rapidamente a cabeça e entreviu uma forma humana no nevoeiro; essa visão indistinta bastou-lhe, e ela cambaleou um momento sob o peso do terror que dela se apossou, pois não teve mais dúvida de que estava sendo seguida pelo desconhecido desde o primeiro passo que dera fora de casa, e o desejo de escapar a um espião lhe deu forças. Incapaz de raciocinar, apressou o passo, como se pudesse escapar de um homem necessariamente mais ágil do que ela. Depois de correr durante alguns minutos, chegou à loja de um confeiteiro, entrou e deixou-se cair, em vez de se sentar, numa cadeira colocada diante do balcão. No momento em que ela soou a aldraba da porta, uma moça que estava bordando levantou os olhos, reconheceu através da vidraça a manta de forma antiquada e de seda violeta com que a velha senhora se cobria, e se apressou a abrir uma gaveta como se fosse apanhar ali alguma coisa que devia lhe entregar. Não só o gesto e a fisionomia da moça exprimiam o desejo de se livrar prontamente da desconhecida, como se ela fosse uma dessas pessoas que não se veem com prazer, como também deixou escapar uma expressão de impaciência ao encontrar a gaveta vazia; depois, sem olhar para a dama, saiu precipitadamente do balcão, foi até os fundos da loja e chamou o marido, que apareceu na hora.

– Onde é que você pôs...? – perguntou com um tom de mistério, apontando a velha senhora com os olhos, sem completar a frase.

Embora o confeiteiro só pudesse ver o imenso capuz de seda preta contornado de nós de fitas violetas que servia de toucado à desconhecida, ele desapareceu depois de ter lançado à sua mulher um olhar que parecia dizer: "Acha que eu ia deixar isso no seu balcão?..." Espantada com o silêncio e a imobilidade da velha senhora, a comerciante voltou para junto dela e, vendo-a, sentiu-se tomada por um movimento de compaixão ou talvez também de curiosidade. Embora a pele daquela mulher fosse naturalmente pálida como a de uma pessoa dada a austeridades secretas, era fácil reconhecer que uma emoção recente provocara nela uma palidez extraordinária. Seu toucado estava disposto de maneira a esconder os cabelos, provavelmente embranquecidos pela idade; porém, a limpeza do colarinho de seu vestido anunciava que ela não se empoava. Essa falta de ornamento conferia a seu rosto uma espécie de severidade religiosa. Seus traços eram graves e orgulhosos. Antigamente, as maneiras e os hábitos das pessoas de nobreza eram tão diferentes das maneiras das pessoas pertencentes às outras classes, que se identificava com facilidade uma pessoa nobre. Por isso, a moça estava persuadida de que a desconhecida era uma *ci-devant*[4] e de que pertencera à corte.

– Madame?... – disse ela involuntariamente e com respeito, esquecendo que esse título estava proscrito.

A velha dama não respondeu. Tinha o olhar fixo nos vidros da loja, como se um objeto assustador estivesse ali desenhado.

– O que a senhora tem, madame? – perguntou o dono do estabelecimento, reaparecendo naquela hora.

O confeiteiro tirou a dama de seu devaneio, entregando-lhe uma pequena caixa de papelão coberta de papel azul.

– Nada, nada, meus amigos – respondeu com uma voz delicada.

Ela ergueu os olhos para o confeiteiro como para lhe lançar um olhar de agradecimento; porém, ao ver um boné vermelho em sua cabeça, deixou escapar um grito.

– Ah!... o senhor me traiu?...

A moça e seu marido responderam com um gesto de horror que fez corar a desconhecida, fosse por ter desconfiado deles, fosse por prazer.

– Desculpem-me – disse então com uma doçura infantil.

Depois, tirando um luís[5] de ouro do bolso, ela o apresentou ao confeiteiro:

– Eis o preço combinado – acrescentou.

Há uma indigência que os indigentes sabem perceber. O confeiteiro e sua mulher olharam-se e mostraram um ao outro a velha senhora, trocando um mesmo pensamento. Aquele luís de ouro devia ser o último. As mãos da dama tremiam ao oferecer a moeda que ela contemplava com dor e sem avareza,

---

4. *Ci-devant*: no período revolucionário, designava um(a) nobre. (N.T.)

5. Luís: antiga moeda francesa de ouro ou de prata com efígie dos reis de França, que começou a circular em 1640 com o rei Luís XIII e acabou abrangendo também o reinado de Luís XIV. (N.T.)

mas ela parecia conhecer toda a extensão do sacrifício. O jejum e a miséria estavam gravados naquele rosto com traços tão legíveis quanto os do medo e dos hábitos ascéticos. Havia em seus trajes vestígios de magnificência. Era uma seda gasta, um manto limpo, embora antigo, com as rendas cuidadosamente remendadas; enfim, farrapos da opulência! Os comerciantes, colocados entre a piedade e o interesse, começaram por aliviar a consciência com palavras.

– A senhora parece bem fraca.

– Madame estaria precisando tomar alguma coisa? – retomou a mulher, cortando a palavra ao marido.

– Nós temos um bom caldo – disse o confeiteiro.

– Está fazendo tanto frio, madame talvez tenha se resfriado ao caminhar, mas a senhora pode descansar aqui e se aquecer um pouco.

– Nós não somos tão negros quanto o diabo – exclamou o confeiteiro.

Conquistada pelo tom de benevolência que animava as palavras dos caridosos lojistas, a dama confessou que tinha sido seguida por um homem e que ela tinha medo de voltar sozinha para casa.

– É só isso? – retomou o homem de boné vermelho. – Então me espere.

Entregou o luís à sua mulher. Depois, movido por essa espécie de reconhecimento que passa pela alma de um comerciante quando recebe um preço exorbitante por uma mercadoria de valor medíocre, foi vestir seu uniforme de guarda nacional, apanhou o chapéu, colocou o sabre e reapareceu devidamente armado; mas sua mulher tivera tempo de refletir. Como em muitos outros corações, a Reflexão fecha a mão aberta da Generosidade. Inquieta e temendo ver o marido em alguma situação complicada, a mulher do confeiteiro tentou puxá-lo pela aba do paletó para impedi-lo; porém, obedecendo a um sentimento de caridade, o bravo homem ofereceu-se imediatamente à velha senhora para escoltá-la.

– Parece que o homem de quem a senhora tem medo ainda está rondando na frente da loja – disse firmemente a moça.

– Temo que sim – diz ingenuamente a dama.

– E se for um espião? Se for uma conspiração? Não vá e peça a caixa de volta...

Estas palavras, sopradas no ouvido do confeiteiro por sua mulher, gelaram de pronto a coragem de que estivera possuído.

– Ah! Eu vou lhe dizer duas palavras e livrá-la dele em um instante – gritou o confeiteiro abrindo a porta precipitadamente.

A velha senhora, passiva como uma criança e quase aparvalhada, sentou-se de novo na cadeira. O honesto comerciante não tardou a reaparecer, mas seu rosto já naturalmente vermelho e colorido, e mais ainda pelo fogo do forno, tornara-se pálido de súbito; um pavor tão grande o agitava que suas pernas tremiam e seus olhos se pareciam com os de um homem embriagado.

– Quer que nos cortem o pescoço, miserável aristocrata?... – gritou enfurecido. – Dê o fora e nunca mais reapareça aqui! E não conte mais comigo para lhe fornecer elementos de conspiração!

Ao terminar estas palavras, o confeiteiro tentou retomar da velha senhora a caixinha que ela pusera em um de seus bolsos. Mal as mãos resolutas do confeiteiro tocaram suas roupas, a desconhecida, preferindo expor-se aos perigos da rua sem outro defensor senão Deus a perder o que acabara de comprar, reencontrou a agilidade de sua juventude; ela se atirou para a porta, abriu-a rapidamente e desapareceu dos olhos da mulher e do marido assombrados e tremendo. Assim que a desconhecida se viu do lado de fora, começou a andar depressa; contudo, suas forças logo a traíram, pois ela escutou o espião seguindo-a impiedosamente, fazendo ranger a neve que ele esmagava com seu passo pesado; foi obrigada a parar, ele parou; ela não ousava lhe falar nem olhar para ele, fosse em consequência do medo que a possuía, fosse por falta de discernimento. Continuou seu caminho andando lentamente, e então o homem diminuiu o passo de maneira a ficar a uma distância que lhe permitisse observá-la. O desconhecido parecia ser a própria sombra daquela velha senhora. Nove horas soaram quando o casal silencioso passou de novo diante da igreja de Saint-Laurent. É da natureza de todas as almas, mesmo da mais enferma, um sentimento de calma suceder a uma agitação violenta, pois, se os sentimentos são infinitos, nossos órgãos têm limites. E assim a desconhecida, que não sofrera nenhum mal proveniente de seu suposto perseguidor, pretendeu ver nele um amigo secreto preocupado em protegê-la; reunindo todas as circunstâncias que tinham acompanhado as aparições do estranho para encontrar motivos plausíveis para essa opinião, satisfez-se então, reconhecendo nele mais boas do que más intenções. Esquecendo o pavor que aquele homem acabara de inspirar ao confeiteiro, ela avançou, pois, com um passo firme, pelas regiões mais altas do *faubourg* Saint-Martin. Após meia hora de caminhada, chegou a uma casa situada junto do entroncamento formado pela rua principal do *faubourg* e pela rua que leva à barreira de Pantin. Esse local é ainda hoje um dos mais desertos de toda a Paris. O vento norte, passando sobre as colinas de Saint-Chaumont e de Belleville, assoviava através das casas, mais especificamente choças, espalhadas naquele vale quase desabitado onde as cercas são feitas com terra e ossos. Esse local desolado parece ser o asilo natural da miséria e do desespero. O homem que se obstinava em perseguir a pobre criatura, ousada o bastante para atravessar de noite aquelas ruas silenciosas, pareceu tocado pelo espetáculo que se oferecia ao seu olhar. Ficou pensativo, de pé e em uma atitude de hesitação, fracamente iluminado por um poste cuja luz indecisa mal atravessava o nevoeiro. O medo deu olhos à velha senhora, que acreditou perceber algo de sinistro nos traços do desconhecido; ela sentiu seus terrores despertarem e aproveitou-se da espécie de incerteza que detinha aquele homem para se insinuar na sombra em direção à porta da casa solitária; virou um trinco e desapareceu com uma rapidez fantasmagórica. O passante, imóvel, contemplava aquela casa que representava de alguma maneira as típicas habitações miseráveis do *faubourg*. Aquele cambaleante casebre construído de pedra bruta era revestido por uma camada de gesso amarelado, tão cheio de rachaduras que se temia vê-lo cair com o mínimo esforço do vento. O telhado de telhas marrons e coberto de musgo estava afundado em diversos lugares de um modo que dava a impressão que iria ceder sob o peso da neve. Cada andar tinha três janelas cujos caixilhos, apodrecidos pela umidade e desconjuntados pela ação do sol, anunciavam que o frio devia penetrar nos quartos. Aquela casa isolada parecia uma velha torre que o tempo esquecera de destruir. Uma fraca luz clareava as aberturas que cortavam irregularmente a mansarda na qual o pobre edifício terminava, enquanto o restante da casa encontrava-se na mais completa escuridão. A velha dama não subiu sem dificuldade a escada íngreme e tosca, ao longo da qual se apoiava em uma corda que servia de corrimão; bateu misteriosamente na porta da habitação que ficava na mansarda e sentou-se com precipitação em uma cadeira que um velho ofereceu-lhe.

– Esconda-se, esconda-se! – disse. – Embora só saiamos raramente, nossos movimentos são conhecidos, nossos passos são vigiados.

– O que há de novo? – perguntou outra velha senhora sentada junto do fogo.

– O homem que ronda em volta da casa desde ontem me seguiu esta noite.

Com essas palavras, os três habitantes daquele casebre entreolharam-se, deixando transparecer em seus rostos os sinais de um terror profundo. O velho foi o menos agitado dos três, talvez porque fosse o que estava mais em perigo. Sob o peso de uma grande desgraça ou sob o jugo da perseguição, um homem corajoso começa, por assim dizer, por fazer o sacrifício de si mesmo, considerando seus dias apenas como vitórias obtidas sobre o Destino. Os olhares das duas mulheres, pregados no velho, deixavam facilmente adivinhar que ele era seu único objeto de intensa solicitude.

– Por que perder as esperanças em Deus, minhas irmãs? – ele disse com uma voz surda, mas melosa. – Nós lhe cantávamos louvores em meio aos gritos dos assassinos e dos moribundos no convento das Carmelitas. Se ele quis que eu fosse salvo daquela carnificina, provavelmente é para me reservar um destino que eu devo aceitar sem murmurar. Deus protege os seus, ele pode dispor deles à vontade. É em vocês, e não em mim, que é preciso pensar.

– Não – diz uma das duas velhas senhoras –, o que é a nossa vida em comparação com a de um padre?

– Quando eu me vi fora da abadia de Chelles, eu me dei por morta – exclamou a religiosa que não tinha saído.

– Eis – retomou a que chegara, estendendo a pequena caixa ao padre – eis as hóstias. Mas – exclamou – estou ouvindo alguém subir os degraus.

Com estas palavras, os três puseram-se a escutar. O barulho cessou.

– Não se assustem – diz o padre – se alguém tentar chegar até vocês. Uma pessoa em quem podemos confiar deve ter tomado todas as medidas para passar a fronteira e virá apanhar as cartas que eu escrevi ao duque de Langeais[6] e ao marquês de Beauséant[7] a fim de que eles possam encontrar os meios de tirá-las deste pavoroso país, da morte ou da miséria que as aguardam.

---

6. Duque de Langeais: personagem balzaquiano, aparece também em *A Duquesa de Langeais*. (N.T.)

7. Marquês de Beauséant: personagem balzaquiano, também está em *L'Envers de l'Histoire contemporaine* e *O pai Goriot*. (N.T.)

– Quer dizer que o senhor não irá conosco? – disseram docemente as duas religiosas, manifestando uma espécie de desespero.

– Meu lugar é lá onde haja vítimas – respondeu o padre com simplicidade.

Elas se calaram e olharam seu hóspede com uma santa admiração.

– Irmã Marthe[8] – disse ele, dirigindo-se à religiosa que tinha ido apanhar as hóstias –, esse enviado deverá responder *Fiat voluntas* à palavra *Hosanna*.

– Há alguém nas escadas! – falou a outra religiosa, abrindo um esconderijo feito sob o teto.

Desta vez foi fácil escutar, no meio do mais profundo silêncio, os passos de um homem que fazia reboar os degraus cobertos de calosidades produzidas pela lama endurecida. O padre introduziu-se penosamente em uma espécie de armário, e a religiosa jogou algumas roupas sobre ele.

– Pode fechar, irmã Agathe[9] – disse com uma voz abafada.

Mal o padre tinha se escondido, três batidas na porta fizeram estremecer as duas santas mulheres, que se consultaram com os olhos sem ousar pronunciar uma só palavra. Ambas pareciam ter cerca de sessenta anos. Separadas do mundo há quarenta anos, eram como plantas habituadas ao ar de uma serra que morrem se são tiradas de lá. Acostumadas à vida do convento, não podiam mais conceber outra. Certa manhã, suas grades tinham sido quebradas, elas haviam tremido ao se verem livres. Pode-se facilmente imaginar a espécie de imbecilidade fictícia que os acontecimentos da Revolução provocaram em suas almas inocentes. Incapazes de acomodar suas ideias de claustro às dificuldades da vida, e não compreendendo sequer sua situação, pareciam crianças

8. Irmã Marthe de Beauséant: personagem balzaquiano. (N.T.)

9. Irmã Agathe de Langeais: personagem balzaquiano. (N.T.)

que tiveram quem tomasse conta delas até então e que, abandonadas pela providência materna, rezam em vez de gritar. Assim, mesmo diante do perigo que previam naquele momento, permaneciam mudas e passivas, não conhecendo outra defesa senão a resignação cristã. O homem que pedia para entrar interpretou aquele silêncio à sua maneira, abriu a porta e mostrou-se subitamente. As duas religiosas tremeram ao reconhecer o personagem que, há algum tempo, rondava em volta da casa e tomava informações sobre elas; ficaram imóveis, contemplando-o com uma curiosidade inquieta, à maneira das crianças selvagens, que examinam em silêncio os estranhos. O homem era de alta estatura e gordo, mas nada em sua aparência, em seu ar ou em sua fisionomia indicava um homem malvado. Ele imitou a imobilidade das religiosas e passeou lentamente seu olhar pelo quarto onde se encontrava.

Duas esteiras de palha, colocadas sobre pranchas, serviam de cama para as duas religiosas. Uma única mesa estava no centro do quarto, e havia em cima dela um candelabro de cobre, alguns pratos, três facas e um pão redondo. O fogo da lareira era modesto. Alguns pedaços de madeira, empilhados num canto, também atestavam a pobreza das duas reclusas. As paredes, cobertas com uma camada de pintura muito antiga, provavam o mau estado do teto, onde manchas, parecidas com fios marrons, indicavam infiltrações de águas pluviais. Uma relíquia, provavelmente salva da pilhagem da abadia de Chelles, enfeitava o parapeito da lareira. Três cadeiras, dois cofres e uma cômoda ordinária completavam a mobília daquela peça. Uma porta construída junto da chaminé fazia conjecturar que existia um segundo quarto.

O inventário daquela peça foi logo feito pelo personagem que se tinha introduzido sob tão terríveis auspícios no seio daquela moradia. Um sentimento de comiseração estampou-se em seu rosto, e ele lançou um olhar de benevolência sobre as duas mulheres, no mínimo tão embaraçado quanto o delas. O estranho silêncio no qual os três permaneceram durou pouco, pois o desconhecido terminou por adivinhar a fraqueza moral e a inexperiência das duas pobres criaturas e então lhes disse com uma voz que tentou adoçar:

– Não estou vindo aqui como inimigo, senhoras...

Parou e recomeçou, dizendo:

– Minhas irmãs, se lhes acontecesse qualquer desgraça, acreditem que eu não teria contribuído. Tenho um favor a lhes pedir...

Elas continuaram em silêncio.

– Se eu as importunar, se... eu as incomodar, falem com franqueza... eu me retirarei, mas saibam que lhes sou totalmente devotado; que, se houver algo que possa fazer por vocês, podem me utilizar sem temor e que somente eu, talvez, esteja acima da Lei, uma vez que não há mais Rei...

Havia um tal tom de verdade naquelas palavras, que a irmã Agathe, das duas religiosas a que pertencia a casa de Langeais, cujas maneiras pareciam indicar que conhecera no passado o brilho das festas e respirara o ar da corte, apressou-se a indicar uma das cadeiras, como se quisesse convidar a visita a se sentar. O desconhecido manifestou uma espécie de alegria misturada com tristeza ao compreender esse gesto e esperou que as duas mulheres estivessem sentadas para se sentar.

– Vocês deram asilo – retomou – a um venerável padre não juramentado[10], que milagrosamente escapou aos massacres das Carmelitas.

– *Hosanna*!... – disse a irmã Agathe, interrompendo o estranho e olhando-o com uma inquieta curiosidade.

– Ele não se chama assim, eu creio – ele respondeu.

– Mas, senhor – replicou a irmã Marthe –, nós não temos padre aqui e...

10. Padre juramentado: eclesiástico que, na época da constituição civil do clero na França (1790), prestou juramento de fidelidade à República. (N.T.)

– Então seria preciso ter mais cuidado e precaução – aconselhou o estranho, esticando o braço em direção à mesa e pegando um breviário. – Eu não acho que vocês saibam latim e...

Ele não continuou, pois a emoção extraordinária que se revelou nos rostos das duas pobres religiosas o fez temer ter ido longe demais, pois elas ficaram trêmulas e seus olhos encheram-se de lágrimas.

– Tranquilizem-se – disse-lhes com uma voz franca –, eu sei o nome de seu hóspede e os seus, e há três dias estou ciente do desespero e da devoção de vocês a esse venerável abade de...

– Psiu! – disse ingenuamente irmã Agathe, colocando um dedo nos lábios.

– Vocês veem, minhas irmãs, que, se eu tivesse concebido o horrível desígnio de traí-las, já o teria feito mais de uma vez...

Ouvindo estas palavras, o padre saiu de sua prisão e reapareceu no centro do quarto.

– Não tenho razão para acreditar – disse ao desconhecido – que o senhor seja um de nossos perseguidores. Confio no senhor. O que quer de mim?

A santa confiança do padre, a nobreza que emanava de todos os seus traços teriam desarmado assassinos. O misterioso personagem que viera animar aquela cena de miséria e resignação contemplou durante um momento o grupo formado pelos três seres; depois, adotando um tom de confidência, dirigiu-se ao padre nestes termos:

– Meu pai, eu venho lhe suplicar que celebre uma missa mortuária para o repouso da alma... de um... de uma pessoa sagrada cujo corpo não repousará jamais em terra santa...

O padre estremeceu. As duas religiosas, não compreendendo ainda de quem o desconhecido queria falar, permaneceram com o pescoço esticado, o rosto virado para os dois interlocutores em uma atitude de curiosidade.

O eclesiástico examinou o estranho: uma ansiedade não inequívoca era visível em seu rosto, e seu olhar expressava ardentes súplicas.

– Muito bem – respondeu o padre. – Hoje, à meia--noite, volte, e eu estarei pronto para celebrar o único serviço fúnebre que poderíamos oferecer como expiação do crime de que está falando...

O desconhecido estremeceu, mas uma satisfação ao mesmo tempo doce e grave pareceu triunfar a uma dor secreta. Depois de saudar respeitosamente o padre e as duas santas mulheres, desapareceu manifestando uma espécie de reconhecimento mudo que foi compreendido por aquelas três almas generosas. Cerca de duas horas depois desta cena, o desconhecido voltou, bateu discretamente na porta da água--furtada e foi introduzido por Mlle. Beauséant, que o conduziu ao segundo quarto daquele modesto retiro, onde tudo havia sido preparado para a cerimônia. Entre dois canos da lareira, as duas religiosas haviam colocado a velha cômoda cujos contornos antigos estavam ocultos sob uma magnífica toalha de altar de chamalote verde. Um grande crucifixo de ébano e marfim preso na parede amarela ressaltava sua nudez e atraía necessariamente os olhares. Quatro pequenos círios delgados que as irmãs tinham conseguido fixar sobre o altar improvisado, prendendo-os com lacre, jogavam uma luz pálida e mal refletida pela parede. Aquela luz fraca mal clareava o resto do quarto; porém, ao dar seu brilho apenas às coisas santas, parecia-se com um raio caído do céu sobre aquele altar sem ornamento. O piso estava úmido. O teto, que dos dois lados inclinava-se rapidamente, como nas águas-furtadas, tinha algumas rachaduras por onde passava um vento glacial. Nada poderia ser menos pomposo, porém nada talvez poderia ser mais solene do que aquela cerimônia lúgubre. Um profundo silêncio, que teria permitido se ouvir o mais ligeiro grito proferido na estrada para a Alemanha, irradiava uma espécie de majestade sombria sobre aquela cena noturna. Enfim, a grandeza da ação contrastava tão fortemente com a pobreza dos objetos, que o resultado era um sentimento de temor religioso. De cada lado do altar, as duas velhas reclusas, ajoelhadas sobre o piso do assoalho sem se preocupar com sua umidade mortal, rezavam junto com o padre, que, coberto com seus hábitos pontificais, servia-se de um cálice de ouro ornado de pedras preciosas, copo sagrado salvo decerto da pilhagem da abadia de Chelles. Junto do cibório, monumento de uma real magnificência, a água e o vinho destinados ao santo sacrifício estavam contidos em dois copos que mal seriam dignos do último cabaré. Na falta de missal, o padre colocara seu breviário em um canto do altar. Um prato comum estava preparado para a lavagem das mãos inocentes e puras de sangue. Tudo era imenso, mas pequeno; pobre, mas nobre; profano e santo ao mesmo tempo. O desconhecido veio piedosamente ajoelhar-se entre as duas religiosas. Contudo, de repente, percebendo um crepe no cálice e no crucifixo, pois, nada tendo para anunciar o destino daquela missa fúnebre, o padre havia posto o próprio Deus de luto, foi assaltado por uma lembrança tão poderosa que gotas de suor formaram-se sobre sua larga testa. Os quatro silenciosos atores dessa cena olharam-se então misteriosamente, pois suas almas, agindo em emulação, comunicavam-se tanto quanto seus sentimentos, confundindo-se em uma comiseração religiosa, parecendo que seus sentimentos evocavam o mártir cujos restos tinham sido devorados pela cal viva e que sua sombra estivesse diante deles em toda a sua real majestade. Eles celebravam um *obit* sem o corpo do defunto. Sob aquelas telhas e aquelas ripas desconjuntadas, quatro cristãos iam interceder junto a Deus para um Rei da França e fazer seu cortejo sem féretro. Era o mais puro dos devotamentos, um ato surpreendente de fidelidade realizado sem nenhum outro interesse. Foi sem dúvida, aos olhos de Deus, como o copo de água que se equipara às maiores virtudes.[11] Toda a Monarquia estava ali, nas preces de um padre e de duas pobres mulheres, mas talvez a Revolução também estivesse sendo representada por esse homem cuja fisionomia traía remorsos demais para não se acreditar que cumpria votos de um imenso arrependimento.

Em vez de pronunciar as palavras latinas: *Introibo ad altare Dei* etc., o padre, por uma inspiração divina, olhou para os três assistentes que representavam a França cristã e lhes disse, para apagar as misérias daquele tugúrio: "Nós vamos entrar no santuário de Deus!".

Com essas palavras lançadas com uma unção penetrante, um santo temor acometeu o assistente e as duas religiosas. Sob as abóbadas de São Pedro de Roma, Deus não teria se mostrado mais majestoso do que o foi naquele asilo de indigência aos olhos daqueles cristãos: tanto é verdade que, entre o homem e Ele, todo intermediário parece inútil, e Sua grandeza advém apenas de si mesmo. O fervor do desconhecido era verdadeiro. Assim como o sentimento que unia as preces dos quatro servidores de Deus e do rei foi unânime. As palavras santas repercutiam como uma música celeste no meio do silêncio. Houve um momento em que o choro venceu o desconhecido, durante o *Pater noster*. O padre acrescentou uma prece latina, que foi provavelmente compreendida pelo estranho: *Et remitte scelus regicidis sicut Ludovicus eis remisit semetipde*. (E perdoe os regicidas como o próprio Luís XVI os perdoou.)

As duas religiosas viram duas grossas lágrimas traçando um caminho úmido ao longo das bochechas másculas do desconhecido e caindo no assoalho. O ofício dos Mortos foi recitado. O *Domine salvum fac regem*, cantado em voz baixa, enterneceu aqueles fiéis realistas que pensaram no infante-rei, pelo qual eles suplicavam naquele momento ao Altíssimo,

11. Referência bíblica (Mateus): "Quem der de beber a um de seus filhos... nada mais do que um copo de água... será recompensado". (N.T.)

cativo nas mãos de seus inimigos. O desconhecido estremeceu ao pensar que ainda seria possível cometer um novo crime do qual ele seria provavelmente forçado a participar. Quando o serviço fúnebre terminou, o padre fez um sinal às duas religiosas, que se retiraram. Assim que se viu a sós com o desconhecido, foi em direção a ele com um ar doce e triste; em seguida lhe disse com uma voz paternal:

– Meu filho, se você mergulhou suas mãos no sangue do Rei Mártir, confie-se a mim. Não há falta que, aos olhos de Deus, não seja apagada por um arrependimento tão tocante e tão sincero quanto o seu parece ser.

Às primeiras palavras anunciadas pelo eclesiástico, o estranho deixou escapar um movimento de terror involuntário, mas recuperou uma atitude contida e olhou com segurança o padre admirado:

– Meu pai – disse com uma voz visivelmente alterada –, ninguém é mais inocente do que eu do sangue derramado...

– Quero acreditar no senhor – diz o padre...

Fez uma pausa durante a qual examinou mais uma vez seu penitente; depois, persistindo em tomá-lo por um desses medrosos Convencionais[12] que entregaram uma cabeça inviolável e sagrada a fim de conservar a sua, retomou com uma voz grave:

– Pense, meu filho, que não basta, para ser absolvido desse grande crime, não ter cooperado com ele. Aqueles que, podendo defender o rei, deixaram sua espada dentro da bainha, terão uma conta bem pesada a pagar diante do Rei dos céus... Ah! sim – acrescentou o velho padre agitando a cabeça da direita para a esquerda com um movimento expressivo –, sim, bem pesada!... pois, por não terem agido, tornaram-se cúmplices involuntários desse crime hediondo...

– O senhor acredita – perguntou o desconhecido estupefato – que uma participação indireta será punida... O

12. Convencionais: membros da Convenção, que, de 1792 a 1795, exerceu todos os poderes na França. (N.T.)

soldado que foi comandado para formar o pelotão é, portanto, culpado?...

O padre ficou indeciso. Contente com o embaraço no qual ele punha aquele puritano da realeza, colocando-o entre o dogma da obediência passiva que deve, segundo os partidários da monarquia, estar acima dos códigos militares e o dogma igualmente importante que consagra o respeito devido às pessoas dos reis, o estranho apressou-se a ver na hesitação do padre uma solução favorável às dúvidas que pareciam atormentá-lo. Depois, para não deixar o venerável jansenista refletir por mais tempo, disse-lhe:

– Eu coraria ao lhe oferecer um pagamento qualquer pelo serviço que o senhor acaba de celebrar para o repouso da alma do rei e para o alívio de minha consciência. Não se pode pagar por algo inestimável a não ser com uma oferenda que seja também fora de preço. Digne-se, pois, a aceitar, senhor, a doação que lhe faço de uma santa relíquia... Chegará talvez o dia em que o senhor compreenda o seu valor.

Ao terminar essas palavras, o estranho apresentou ao eclesiástico uma caixinha extremamente leve, e o padre a apanhou involuntariamente, por assim dizer, pois a solenidade das palavras daquele homem, o tom que ele utilizara, o respeito com o qual ele segurava a caixa o haviam mergulhado em uma profunda surpresa. Voltaram então para a peça onde as duas religiosas os aguardavam.

– Vocês estão – disse-lhes o desconhecido – em uma casa cujo proprietário, Mucius Scævola[13], esse gesseiro que mora no primeiro andar, é célebre na seção[14] por seu patriotismo, mas ele é secretamente ligado aos Bourbons. Ele foi, no passado, treinador de cavalos de monsenhor o príncipe de Conti, e a ele deve sua fortuna. Permanecendo na casa dele, estarão mais em segurança do que em qualquer outro lugar da

13. Mucius Scævola: personagem balzaquiano. (N.T.)

14. Seção: subdivisão de Paris de 1790 a 1795. (N.T.)

França. Fiquem aqui. Almas piedosas velarão por suas necessidades, e vocês poderão esperar sem perigo tempos menos ruins. Dentro de um ano, em 21 de janeiro... (ao pronunciar estas últimas palavras, ele não pôde dissimular um movimento involuntário), se vocês adotarem este triste local por asilo, eu voltarei para celebrar com vocês a missa expiatória...

Ele não completou. Saudou os mudos habitantes da água-furtada, lançou um último olhar para os sinais que demonstravam sua indigência e desapareceu.

Para as duas inocentes religiosas, uma experiência daquelas tinha todo o interesse de um romance; em seguida, assim que o venerável abade informou-as sobre o misterioso presente tão solenemente feito por aquele homem, a caixa foi colocada por elas sobre a mesa, e os três rostos inquietos, fracamente iluminados pela vela, traíram uma indescritível curiosidade. Mlle. de Langeais abriu a caixa e dentro encontrou um lenço de batista muito fina, manchado de suor; desdobrando-o, reconheceram manchas.

– É sangue!... – disse o padre.

– Está marcado com a coroa real! – exclamou a outra irmã.

As duas irmãs deixaram cair a preciosa relíquia, horrorizadas. Para aquelas almas ingênuas, o mistério que cercava o estranho tornou-se inexplicável; e, quanto ao padre, a partir desse dia sequer tentou buscar uma explicação.

Os três prisioneiros não tardaram a perceber, apesar do Terror, que uma mão poderosa estendera-se sobre eles. De início receberam madeira e provisões; depois as duas religiosas notaram que uma mulher estava associada a seu protetor, quando lhes enviaram roupas de baixo e vestimentas que lhes permitiriam sair sem ser notadas pelas roupas aristocráticas que elas haviam sido forçadas a conservar; finalmente, Mucius Scævola deu-lhes duas carteiras de identificação. Com frequência, chegavam-lhes informações necessárias à segurança do padre por vias indiretas, e ele reconheceu tamanha oportunidade nesses conselhos, que só podiam estar sendo enviados por pessoa iniciada nos segredos de Estado. Apesar da fome que pesava sobre Paris, os proscritos encontravam na porta de seu tugúrio rações de *pão branco,* deixadas ali regularmente por mãos invisíveis; contudo, eles acreditaram reconhecer em Mucius Scævola o misterioso agente dessa boa ação sempre tão engenhosa quanto inteligente. Os nobres habitantes da água-furtada não podiam duvidar que seu protetor era o personagem que viera fazer celebrar a missa expiatória na noite de 22 de janeiro de 1793; e ele se tornou objeto de um culto todo particular para aqueles três seres que esperavam tudo somente dele e que só estavam vivos por sua causa. Tinham acrescentado preces especiais para ele em suas preces; noite e dia, aquelas almas piedosas formulavam votos para sua felicidade, para sua prosperidade, para sua salvação; suplicavam a Deus que afastasse dele todas as emboscadas, livrasse-o dos inimigos e concedece-lhe uma vida longa e tranquila. Sendo seu reconhecimento, por assim dizer, renovado todos os dias, ele se aliava necessariamente a um sentimento de curiosidade que se tornou mais intenso a cada dia. As circunstâncias que haviam acompanhado a aparição do estranho eram o objeto de suas conversas, eles formulavam mil conjecturas a seu respeito, e era um benefício a mais a distração de tê-lo como assunto. Prometiam a si mesmos nunca esquecer a amizade pelo estranho, até a noite em que ele voltasse, segundo sua promessa, para celebrar o triste aniversário da morte de Luís XVI. Essa noite, tão impacientemente esperada, chegou finalmente. À meia-noite, o barulho dos passos pesados do desconhecido reboaram na velha escada de madeira, o quarto tinha sido enfeitado para recebê-lo, o altar estava preparado. Dessa vez, as irmãs abriram a porta antecipadamente, e as duas apressaram-se em iluminar a escada. Mlle. de Langeais chegou a descer alguns degraus para ver antes seu benfeitor.

– Venha – disse com uma voz emocionada e afetuosa –, venha... estamos lhe aguardando.

O homem levantou a cabeça, lançou um olhar sombrio sobre a religiosa e não respondeu; ela sentiu como se uma vestimenta de gelo caísse sobre ela e ficou em silêncio; diante da aparência dele, o reconhecimento e a curiosidade extinguiram-se nos corações. É possível que estivesse menos frio, menos taciturno, menos terrível do que pareceu àquelas almas cuja exaltação de sentimentos dispunha às efusões da amizade. Os três pobres prisioneiros, compreendendo que aquele homem queria continuar a ser um estranho para eles, resignaram-se. O padre acreditou notar sobre os lábios do desconhecido um sorriso prontamente reprimido no momento em que percebeu os preparativos que haviam sido feitos para recebê-lo, e ele assistiu à missa e rezou, mas desapareceu depois de ter respondido negativamente com algumas palavras educadas ao convite que lhe fez Mlle. de Langeais de compartilhar a ligeira refeição que haviam preparado.

Depois do 9 termidor[15], as religiosas e o abade de Marolles puderam ir a Paris sem correr o menor risco. A primeira saída do velho padre foi para uma perfumaria, cuja tabuleta estampava *La Reine des fleurs*, de propriedade do cidadão e da cidadã Ragon[16], antigos perfumistas da corte que permaneceram fiéis à família real, e que era utilizada pelos vendeanos[17] para se corresponder com os príncipes e o comitê realista de Paris. O abade, vestido à maneira própria da época, estava junto da porta da loja, situada entre Saint-Roch e a Rue des Frondeurs, quando uma multidão, que lotava a Rue Saint-Honoré, impediu-o de sair.

---

15. Termidor: décimo primeiro mês do calendário republicano (19 de julho – 18 de agosto). (N.T.)

16. Madame Ragon: personagem balzaquiana, aparece também em *César Birotteau*. (N.T.)

17. Vendeanos: participantes da insurreição realista das províncias do Oeste (Vendée) durante a Revolução. (N.T.)

– O que é? – disse a Madame Ragon.

– Não é nada – ela falou –, é a carroça e o carrasco que vão para a praça Luís XV. Ah! Nós o vimos com muita frequência no ano passado, mas hoje, quatro dias após o aniversário do 21 de janeiro, podemos olhar este pavoroso cortejo sem sofrimento.

– Por quê? – diz o abade. – Não é cristão isto que a senhora está dizendo.

– Ora! É a execução dos cúmplices de Robespierre. Eles se defenderam tanto quanto puderam, mas é a vez de eles irem lá para onde enviaram tantos inocentes.

A multidão que lotava a Rue Saint-Honoré passou como uma torrente. Por cima das cabeças, o abade de Marolles, cedendo a um movimento de curiosidade, viu de pé, sobre a carroça, aquele que, três dias antes, assistira à sua missa.

– Quem é?... – disse – este que...

– É o carrasco – respondeu Monsieur Ragon, chamando o executor dos importantes serviços por seu nome monárquico.

– Meu amigo! Meu amigo! – gritou Madame Ragon. – O senhor abade está morrendo.

E a velha dama apanhou um frasco de vinagre para fazer acordar o velho padre desmaiado.

– Ele deve ter me dado – disse ele – o lenço com o qual o Rei enxugou a testa, a caminho do martírio... Pobre homem!... o cutelo de aço teve coragem quando a toda França ela faltou!...

Os perfumistas acreditaram que o pobre padre estava delirando.

Paris, janeiro de 1831.

A falsa amante

Dedicado à condessa Clara Maffei[1]

1. Condessa Clara Maffei: esposa do conde Andrea Maffei, de Milão, com quem Balzac teria tido um romance. (N.T.)

Em setembro de 1835, uma das mais ricas herdeiras do bairro de Saint-Germain, a Senhorita du Rouvre, filha única do marquês du Rouvre, casou-se com o conde Adam Mitgislas Laginski, jovem polonês exilado. Peço que nos seja permitido escrever os nomes como eles se pronunciam, para poupar os leitores daquela visão de muralhas de consoantes com as quais a língua eslava protege suas vogais, sem dúvida para evitar que se percam, tendo em vista seu reduzido número.

O marquês du Rouvre dissipara quase inteiramente uma das mais belas fortunas da nobreza, à qual ele devia outrora sua união com uma moça da família Ronquerolles. Assim, pelo lado materno, Clementine du Rouvre tinha por tio o marquês de Ronquerolles e por tia a senhora de Sérizy. Do lado paterno, gozava o privilégio de ter como tio a bizarra pessoa do cavalheiro du Rouvre, o irmão mais moço da casa, solteirão que enriquecia com a venda de terras e casas.

O marquês de Ronquerolles passou pela infelicidade de perder os dois filhos na epidemia do cólera. O filho único da senhora de Sérizy, jovem que prometia uma brilhante carreira militar, pereceu na África no incidente de Macta[2]. Hoje, as famílias ricas vivem entre o perigo de arruinar os filhos, se eles forem muitos, ou de se extinguirem, se limitarem-se a ter um ou dois, consequência imprevisível do Código Civil na qual Napoleão não tinha pensado[3]. Por um mero acaso, apesar

---

2. Incidente de Macta: a morte do jovem conde de Sérisy é narrada no romance *Uma estreia na vida*. (N.T.)

3. Alusão à abolição pelo Código Civil do direito de primogenitura, pelo qual só o filho mais velho herdava. O conservador Balzac era contra as mudanças promovidas pela nova ordem política. (N.T.)

dos gastos absurdos do marquês du Rouvre com Florina[4], uma das mais encantadoras atrizes de Paris, Clementine ainda teve herança. O marquês de Ronquerolles, um dos mais hábeis diplomatas da nova dinastia, sua irmã, a senhora de Sérizy, e o senhor du Rouvre decidiram, para salvar sua fortuna das garras do marquês, legá-la em favor de sua sobrinha, a quem prometeram garantir, no dia de seu casamento, dez mil francos de renda da parte de cada um.

É totalmente dispensável dizer que o polonês, embora refugiado, não custava absolutamente nada ao governo francês. O conde Adam pertencia a uma das mais antigas e ilustres famílias da Polônia, aliada da maior parte das casas principescas da Alemanha, dos Sapiéha, dos Radzivill, dos Rzeuwuski, dos Czartoriski, dos Leczinski, dos Iablonoski, dos Lubermiski, de todos os grandes nomes sármatas[5] terminados em ki. Mas os relacionamentos heráldicos não são exatamente aquilo que enobrece a França no reinado de Luís Filipe, e essa nobreza não poderia merecer a consideração da burguesia que então reinava. Além do mais, quando em 1833 Adam se exibia no Boulevard des Italiens, no Frascati[6], no Jóquei Clube, ele levava a vida de um homem que, tendo perdido as suas esperanças políticas, redescobria os vícios e o amor pelos prazeres. Era tomado por um estudante. A nacionalidade polonesa, em consequência de uma odiosa reação governamental, estava então relegada a um nível tão baixo que os republicanos aspiravam reerguê-la. A estranha luta do Movimento contra a Resistência, dois nomes que

---

4. Florina: personagem do romance *Uma filha de Eva*. (N.T.)

5. Sármatas: povo nômade de origem iraniana, chegou ao Danúbio no primeiro século depois de Cristo. Foram dominados mais tarde pelos godos e, posteriormente, pelos hunos. (N.T.)

6. Frascati: famosa sorveteria da época. (N.T.)

serão inexplicáveis dentro de trinta anos[7], transformou num joguete o que deveria ser tão respeitável: o nome de uma nação vencida a quem a França concedia hospitalidade, para quem inventavam-se festas, para quem cantava-se e dançava-se com a finalidade de se conseguirem fundos; enfim, uma nação que, por ocasião do conflito entre a Europa e a França, lhe havia oferecido seis mil homens em 1796, e que homens! Não se queira inferir disso que se está tentando dar razão ao imperador Nicolau contra a Polônia, ou à Polônia contra o imperador Nicolau. Seria, antes de tudo, uma coisa muito aborrecida introduzir discussões políticas em um relato destinado a entreter ou a despertar interesse. Pois Rússia e Polônia tinham igualmente razão, uma ao desejar a unidade de seu império, a outra ao aspirar tornar-se livre. Digamos de passagem que a Polônia poderia conquistar a Rússia por meio da influência de seus costumes, em lugar de combatê-la pelas armas, numa imitação dos chineses, que acabaram por achinesar os tártaros e que vão achinesar os ingleses, como é de se esperar. A Polônia deveria polonizar a Rússia. Poniatowski[8] já o havia tentado na região menos temperada do império; porém, se esse fidalgo foi um rei tão incompreendido é porque talvez não compreendesse nem a si mesmo. Como não iria odiar essa pobre gente que deu motivo à terrível mentira que se concretizou durante a agitação em que toda a Paris tratava de socorrer a Polônia? Fingia-se ver os poloneses como aliados do partido Republicano, sem se pensar que a Polônia era uma república aristocrática. A partir daí a burguesia oprimiu com o seu desdém ignóbil os poloneses, que uns dias antes eram endeusados. O sopro de uma revolta tem sempre feito os parisienses mudarem de posição, sob todos os regimes. É necessário recordar essas

7. Os estudiosos acreditam que Balzac se refere à luta de duas facções dos exilados poloneses. (N.T.)

8. Estanislau Poniatowski (1732-1798): polonês amante de Catarina II da Rússia, tornou-se rei da Polônia. (N.T.)

reviravoltas da opinião pública parisiense para explicar por que a palavra polonês era, em 1835, um adjetivo derrisório atribuído ao povo que se acreditava ser o mais espiritual e o mais polido do mundo, e isso na cidade das luzes, na cidade que detém hoje o cetro das artes e da literatura.

Existem, infelizmente, dois tipos de poloneses refugiados, o republicano, filho de Lelewel[9], e o nobre, do partido que tem à sua testa o príncipe Czartoriski[10]. Essas duas espécies de poloneses são como o fogo e a água; mas por que lhes querer mal em função disso? Não são essas divisões sempre observadas entre refugiados, não importa a que nação pertençam, não importa em que país estejam? Carregamos conosco nosso país e nossos ódios. Em Bruxelas, dois padres franceses emigrados manifestaram profundo horror um ao outro e, quando perguntado a um deles o motivo, respondeu, apontando para o seu companheiro de desgraça: "um jansenista". Dante, no seu exílio, não teria hesitado em apunhalar um adversário do partido Branco. Aí reside a razão dos ataques dirigidos pelos radicais franceses contra o venerável príncipe Adam Czartoriski, e aí também está a causa do desfavor disseminado sobre uma parte dos emigrados poloneses pelos Cesar de butique e pelos Alexandre engalanados. Em 1834, Adam Mitgislas Laginski tinha contra si as brincadeiras parisienses.

– Ele é gentil, embora seja polonês – dizia Rastignac[11] a seu respeito.

---

9. Joaquim Lelewel: um dos chefes da revolução de 1830. Com a derrota do movimento, refugiou-se em Paris. Perseguido por Luís Filipe, passou a viver em Bruxelas. (N.T.)

10. Príncipe Adam Czartoriski (1770-1861): presidente do governo provisório que, depois da derrota do movimento revolucionário, exilou-se em Paris. Lá, durante três décadas, seu palácio serviu de referência para os exilados, mas ele acabou acusado de não se empenhar pela libertação de seu país. (N.T.)

11. Rastignac: personagem fundamental de "A comédia humana", alpinista social, aparece em numerosos romances. (N.T.)

– Todos os poloneses fingem serem grandes senhores – dizia Maxime de Trailles[12]. – Mas esse paga suas dívidas de jogo; começo a crer que já foi mesmo proprietário de terras.

Sem querer ofender os exilados, não é proibido observar que a leviandade, a inquietude, a inconsistência do caráter sármata autorizaram as maldades dos parisienses, que de qualquer modo se comportariam como os poloneses em uma situação semelhante. A aristocracia francesa, socorrida de maneira tão admirável pela aristocracia polonesa durante a Revolução, com certeza não retribuiu com a mesma generosidade aos emigrados à força de 1832[13]. Tenhamos a triste coragem de dizer: o bairro de Saint-Germain, em relação a isso, ainda está em débito com a Polônia.

O conde Adam era rico, era pobre ou era um aventureiro? Essa questão ficou muito tempo sem resposta. Os círculos diplomáticos, fiéis às suas instruções, imitaram o silêncio do imperador Nicolau e consideraram como morto qualquer emigrado polonês. As Tulherias, e a maior parte dos que ali recebem suas ordens, deram uma terrível prova dessa qualidade política a que se atribui o título de sabedoria. Ali fingiram não conhecer um príncipe russo com quem fumavam charutos durante o exílio apenas porque lhes parecia que ele ainda era alvo do desagrado do imperador Nicolau. Colocados entre a prudência da Corte e a da diplomacia, os poloneses de distinção viviam na solidão bíblica de *super*

---

12. Maxime de Trailles: outro personagem fictício, jogador, agente secreto de De Marsay, várias vezes presente na obra balzaquiana. (N.T.)

13. Em 1830, os patriotas poloneses fizeram uma revolução para libertar o país da dominação estrangeira e unificá-lo. Instituíram um governo republicano em Varsóvia, mas acabaram vencidos, o que determinou o exílio de grande parte dos insurgentes. (N.T.)

flumina Babylonis[14] ou eram apenas fantasmas rondando certos salões que se mantinham como um território neutro em relação a todas as opiniões. Em uma cidade de prazeres como Paris, onde as distrações são abundantes para todos os níveis sociais, a perplexidade polonesa encontrou o dobro de motivos que lhe eram necessários para levar a vida dissipada dos rapazes. Enfim, digamos, Adam teve de início contra si o seu porte e as suas maneiras. Existem dois tipos de poloneses, assim como existem duas espécies de inglesas. Quando uma inglesa não é muito bonita, ela é horrivelmente feia; e o conde Adam pertencia à segunda categoria. Seu rosto pequeno, de aspecto bastante azedo, parece haver sido prensado em um torno. O nariz curto, os cabelos loiros, a barba e os bigodes avermelhados lhe dão a aparência de uma cabra – além de ele ser pequeno, magro, e ter os olhos de um amarelo borrado que acompanham você com esse olhar oblíquo tornado tão célebre pelos versos de Virgílio.

Mas como, apesar de tantas condições desfavoráveis, possui ele maneiras e um tom requintados? A solução desse enigma se explica por uma elegância de dândi e pela educação que ele deve a sua mãe, uma Radzivill. Se sua coragem chega até a temeridade, seu senso de humor não vai além das brincadeiras correntes e efêmeras da conversação parisiense; porém, não se encontra com facilidade entre os jovens da moda um rapaz que lhe seja superior. As pessoas da sociedade atualmente falam em excesso sobre cavalos, rendimentos, impostos, deputados, para que a conversação francesa seja o que já foi. A presença de espírito vem do ócio e de certas desigualdades de posição. Conversa-se

14. *Super flumina Babylonis*: início da tradução latina do salmo 136, que lamenta o cativeiro dos judeus na Babilônia e que é citado em alusão às desgraças dos exilados em geral. Em português, o salmo inicia assim: "Às margens dos rios de Babilônia, nos assentávamos chorando, lembrando-nos de Sião". (N.T.)

talvez melhor em São Petersburgo ou em Viena do que em Paris. Pessoas em igualdade social não necessitam de delicadezas; elas falam das coisas de maneira direta, como elas são. Os trocistas de Paris dificilmente identificariam um grande senhor em uma espécie de estudante leviano que, ao conversar, pulava de maneira descuidada de um assunto a outro, que corria atrás de diversão com mais ímpeto do que o usado para escapar dos grandes perigos recentes e que, tendo deixado o país em que sua família é conhecida, se acreditava livre para levar uma vida desregrada sem correr o risco da desconsideração.

Em um belo dia de 1834, Adam comprou, na Rue Pépinière, um palacete. Seis meses depois dessa aquisição, seu estilo de vida igualava-se ao das mais ricas casas da França. No momento em que Laginski começava a ser levado a sério, ele viu Clementine nos Italianos e se apaixonou por ela. Um ano depois se realizou o casamento. O salão da senhora d'Espard deu início aos cumprimentos. As mães de família descobriram tarde demais que, desde o ano 900, os Laginski se situavam entre as famílias ilustres do Norte. Por um rasgo de prudência antipolonesa, a mãe do jovem conde havia, no momento da insurreição, hipotecado seus bens por uma enorme quantia, emprestada por dois bancos de judeus e aplicada em fundos franceses. O conde Adam Laginski era, assim, dono de oitenta mil francos de renda. Ninguém mais se espantava com a imprudência com a qual, segundo se comentava em muitos salões, a senhora de Sérizy, o velho diplomata Ronquerolles e o cavalheiro du Rouvre cediam à louca paixão de sua sobrinha. Passava-se, como sempre, de um extremo a outro. Durante o inverno de 1836, o conde Adam esteve na moda, e Clementine Laginska tornou-se uma das rainhas de Paris. A senhora de Laginska hoje faz parte do grupo encantador de jovens mulheres em que brilham também as senhoras de Estorade, de Portenduère, Marie de Vandenesse, de Guénic e de Maufrigneuse, flores da Paris atual que vivem a uma grande distância dos arrivistas, dos burgueses e dos responsáveis pela nova política.

Este preâmbulo foi necessário para determinar a esfera social em que ocorreu um desses gestos sublimes, menos raros do que acreditam os detratores do tempo presente – gestos que são, como as belas pérolas, fruto de um sofrimento ou de uma dor e que, como as pérolas, estão ocultos sob ásperas conchas perdidas no fundo desse abismo, desse mar, dessa onda revolvida incessantemente chamada mundo, século, Paris, Londres ou Petersburgo, como queiram!

Não foi após a insurreição de 1830, sob o reinado da dinastia de Orléans, a ocasião em que se demonstrou a verdade de que a arquitetura é a expressão dos costumes? Ao mesmo tempo em que todas as fortunas encolhem na França, os majestosos palacetes de nossos pais são incessantemente demolidos e substituídos por espécies de falanstérios, em que um par de França de Julho habita um terceiro andar, acima de um homem com tino para negócios enriquecido. Os estilos são empregados confusamente. Como não mais existe corte ou nobreza para ditar o tom, não se vê nenhum sentido de harmonia nas produções artísticas. De sua parte, nunca a arquitetura descobriu mais meios econômicos para macaquear o verdadeiro, o sólido, nem para prodigalizar tantos recursos e tanto talento nessas distribuições. Ofereça-se a um artista o espaço do jardim de um velho palacete demolido e ele aí erguerá um pequeno Louvre atulhado de ornamentos; nele podem-se encontrar um pátio, cavalariças e, se fizerem muita questão, um jardim; no interior, irá acumular tantas saletas e corredores que é até capaz de enganar o olhar e fazer a pessoa se sentir à vontade; em resumo, divide tudo em uma tal quantidade de aposentos que uma família ducal tem de viver no espaço da antiga casa de forno de um magistrado.

O palacete da condessa Laginska na Rue Pépinière, uma dessas criações modernas, está situado entre um pátio e um jardim. À direita, no pátio, localizam-se as habitações dos criados, a que correspondem, à esquerda, as cocheiras e as cavalariças. O alojamento do porteiro ergue-se entre dois maravilhosos portões. O maior luxo dessa residência consiste em uma encantadora estufa, erguida junto a uma saleta do térreo; nela se encontram salas de recepção admiráveis. Um filantropo expulso da Inglaterra foi quem edificou essa joia arquitetônica e construiu a estufa, desenhou o jardim, envernizou as portas, ladrilhou as áreas de serviço, pintou de verde as janelas e concretizou um desses sonhos equivalentes, guardadas as proporções, ao de George IV em Brighton[15]. O fecundo, hábil e rápido operário de Paris esculpiu as portas e janelas. Foram imitados os tetos da Idade Média ou dos palácios venezianos e multiplicaram-se os painéis de mármore nas fachadas. Elschoet e Klagmann[16] trabalharam os relevos superiores das portas e das lareiras. Schinner[17] pintou magistralmente os tetos. As formas maravilhosas da escadaria, branca como um braço de mulher, desafiam as do palácio Rothschild. Em consequência dos motins, essa loucura não excedeu um milhão e cem mil francos. Para um inglês, foi de graça. Todo esse luxo, considerado principesco por gente que não sabe mais o que é um príncipe de verdade, fora edificado no antigo jardim do palacete de um comerciante atacadista, um desses Cresos da revolução e que morrera em Bruxelas falido após um dos altos e baixos da Bolsa. O inglês morreu em Paris – de Paris, uma vez que, para muita gente, Paris

---

15. O rei George IV da Inglaterra construiu na cidade litorânea de Brighton sua bela residência de verão. (N.T.)

16. Jean-Jacques Elshocht e Jean-Baptiste Klagmann: artistas requisitados, contemporâneos de Balzac. (N.T.)

17. Shinner: personagem de ficção, pintor. Aparece como protagonista em *A bolsa*.

é uma doença e, algumas vezes, várias doenças. Sua viúva, uma metodista, manifestou o mais profundo horror pela pequena residência do nababo. Esse filantropo era comerciante de ópio. A pudica viúva ordenou a venda do escandaloso imóvel no momento em que os motins punham em dúvida a questão da paz a qualquer preço. O conde Adam aproveitou a ocasião – vocês saberão como –, já que nada estava menos de acordo com os seus hábitos de grande senhor.

Atrás dessa casa, construída em pedras talhadas como um melão, derrama-se o veludo verde de um gramado inglês, ensombrecido ao fundo por um elegante maciço de árvores exóticas, de onde subia um pavilhão chinês, com seus campanários mudos e seus ovos dourados imóveis. A estufa e suas construções fantásticas encobrem o muro divisório ao sul. O outro muro erguido em frente à estufa está escondido por trepadeiras, que formam pórticos com a ajuda de hastes pintadas de verde e sustentadas por travessões. Esse prado, esse mundo de flores, essas alamedas arenosas, essa imitação de floresta, essas paliçadas aéreas estendem-se ao longo de 25 varas quadradas[18] que hoje valem quatrocentos mil francos, o valor de uma verdadeira floresta. Em meio a esse silêncio alcançado em plena Paris, os pássaros cantam: há merlos, rouxinóis, piscos, toutinegras e numerosos pardais. A estufa é uma imensa jardineira com o ar carregado de perfumes, e no inverno é possível caminhar lá como se o verão brilhasse com todos os seus fogos. Os meios com os quais se consegue compor a atmosfera que se deseja – seja a tórrida, a da China ou a da Itália – estão habilmente dissimulados ao olhar. Os tubos por onde circula a água fervente, o vapor, um elemento calórico qualquer, são encobertos de terra e aparecem aos olhares como guirlandas de flores vivas. A antecâmara é vasta. Em um terreno limitado, o milagre dessa fada parisiense chamada

18. Vara: antiga medida de comprimento, equivalente a 1,10 metro. (N.T.)

Arquitetura é tornar tudo grande. A antecâmara da jovem condessa representou o apogeu do artista a quem o conde Adam entregou a mansão para ser decorada. Nela, é impossível se encontrar uma falha: as que existem são encantadores nadas. O amor não saberia onde se posicionar, em meio às figuras de trabalhadores esculpidas na China. O olho depara-se ali com milhares de bizarras figuras folheadas no marfim, cuja geração consumiu o trabalho de duas famílias chinesas; taças de topázio queimado montadas sobre pés filigranados; mosaicos que inspiram o desejo do roubo; quadros holandeses reproduzidos por Schinner; anjos como os concebidos por Steinbock[19], que nem sempre se dá ao trabalho de executá-los; estatuetas esculpidas por gênios perseguidos por seus credores (a verdadeira explicação dos mitos árabes); os esboços sublimes de nossos primeiros artistas; os painéis de madeira das paredes, que se alternam com as fantasias das forrações de seda indiana; os cortinados que tombam em ondas douradas, de um travessão de carvalho negro, nos quais se agita uma cena de caçada; móveis dignos da senhora de Pompadour; um tapete persa, etc. Por fim, a graça derradeira: essas riquezas são iluminadas por uma meia-luz, filtrada por dois cortinados de renda que as fazem parecer ainda mais encantadoras. Sobre um console, no meio de antiguidades, um chicote com cabo esculpido pela senhorita Fauveau[20] informava que a condessa gostava de montar a cavalo. Era assim uma antecâmara em 1837, uma exibição de mercadorias que distraíam o olhar, como se o tédio ameaçasse a sociedade mais excitante e excitada do mundo. Por que nada há ali de íntimo, nada que leve ao devaneio, à calmaria? Por quê? Porque ninguém está seguro de seu amanhã, e cada um goza a vida como se fosse um usufrutuário pródigo.

---

19. Steinbock: personagem fictício. Escultor polonês exilado, aparece com destaque em *A prima Bette*. (N.T.)

20. Senhorita Fauveau: Félice Fauveau (1799-1886), escultora de grande prestígio na aristocracia francesa. (N.T.)

Certa manhã, Clementine parecia refletir, estendida sobre uma dessas espreguiçadeiras maravilhosas das quais ninguém consegue se levantar, tanto o estofador que as inventou soube unir a naturalidade da preguiça com as facilidades do *far niente*. As portas da estufa abertas deixavam entrar os odores da vegetação e os perfumes dos trópicos. A jovem senhora observava Adam fumando diante dela um elegante narguilé, a única maneira de fumar que ela admitia naquela dependência. Os cortinados, pinçados por elegantes braçadeiras, expunham ao olhar dois salões magníficos, um em branco e dourado, comparável ao do palácio Forbin-Janson, o outro no estilo renascentista. A sala de jantar, que só tem rival em Paris a do Barão de Nucingen[21], encontra-se ao fundo de uma pequena galeria de teto pintado e decorada no estilo da Idade Média. A galeria é precedida, do lado do pátio, por uma grande antecâmara, de onde se percebem, através das portas envidraçadas, as maravilhas da escadaria.

O conde e a condessa acabavam de almoçar, o céu oferecia uma toalha azulada sem a menor nuvem, o mês de abril chegava ao fim. O casal somava dois anos de felicidade e fazia apenas dois dias que Clementine descobrira em sua casa algo que se assemelhava a um segredo, a um mistério. O polonês, devemos dizê-lo para sua maior glória, é geralmente fraco diante da mulher; ele é tão cheio de ternura por ela que, na Polônia, acaba por se tornar um ser inferior; ainda que as polonesas sejam mulheres admiráveis, o polonês perde ainda mais prontamente a cabeça por uma parisiense. De modo que o conde Adam, pressionado com perguntas, não teve a inocente esperteza de vender o segredo à sua mulher. Com uma mulher é sempre necessário saber tirar vantagem de um segredo; ela lhe será grata, do mesmo modo que um patife mostra seu respeito por um homem honesto a quem não conseguiu ludibriar. Mais

---

21. Barão de Nucingen: banqueiro, personagem que surge em numerosos livros de "A comédia humana". Afirma-se que foi inspirado em Rothschild. (N.T.)

valente do que loquaz, o conde tinha somente estabelecido que não responderia antes de haver terminado seu narguilé cheio de tombaki[22].

– Durante nossa viagem – dizia ela –, diante de qualquer dificuldade, você me respondia: "Paz dará um jeito nisso!". E você só escrevia para Paz! De volta aqui, todo mundo só me fala no "capitão"! Se eu quero sair, o capitão! Se é preciso pagar uma dívida, o capitão! Se meu cavalo tem o trote duro, o problema é levado ao capitão Paz. Em resumo, isso aqui me parece com o jogo de dominós, Pazparatudo. Só ouço falar em Paz e nunca posso ver o Paz. Quem é esse tal de Paz? Quero ser logo apresentada a ele.

– Mas não está tudo bem? – perguntou o conde, tirando o *bocchettino*[23] de seu narguilé.

– Tudo vai tão bem que mesmo com duzentos mil francos de renda nós nos arruinaríamos, levando o estilo de vida que temos com cento e dez mil francos – ela disse.

Ela puxou o rico cordão da sineta feito de pequenas borlas, uma maravilha. Um lacaio trajado como o servidor de um ministro logo apareceu.

– Diga ao senhor capitão Paz que desejo lhe falar.

– Se você acredita que dessa maneira vai descobrir alguma coisa... – disse o conde Adam, sorrindo.

Não é inútil registrar que Adam e Clementine, casados em dezembro de 1835, depois de passarem o inverno em Paris, tinham estado na Itália, na Suíça e na Alemanha ao longo do ano de 1836. Tendo retornado no mês de novembro, a condessa recebeu pela primeira vez durante o inverno que vinha de terminar e então percebeu a existência quase muda e apagada, mas benéfica, de um factótum, de uma pessoa que parecia invisível: esse capitão Paz, cujo nome se pronuncia como é escrito.

22. Tombaki: fumo turco. (N.T.)

23. *Bocchettino*: em italiano, bico pequeno. (N.T.)

– O senhor capitão Paz pede que a senhora condessa o desculpe, ele está nas estrebarias e com uma roupa que não lhe permite vir neste momento; mas logo que tenha trocado de roupa, o conde Paz se apresentará – disse o lacaio.

– O que é que ele estava fazendo?

– Ele mostrava como deveria ser tratado o cavalo da senhora, que Constantino não escovava do modo como ele achava que devia ser feito – respondeu o lacaio.

A condessa olhou o empregado; ele estava sério e se impedia de sublinhar sua frase com o sorriso que os inferiores se permitem ao falar de um superior que lhes parece ter descido até o nível deles.

Ah, ele escovava Cora.

– A senhora condessa não vai cavalgar esta manhã? – perguntou o lacaio, que foi embora sem resposta.

– Ele é polonês? – perguntou Clementine ao marido, que balançou a cabeça afirmativamente.

Clementine Laginska ficou em silêncio, examinando Adam. Ela assim – os pés quase esticados sobre uma almofada, a cabeça na posição da de um pássaro que escuta na borda de seu ninho os ruídos da mata –, teria parecido encantadora até para um homem *blasé*. Loura e delgada, cabelos cortados à inglesa, parecia naquele momento com essas figuras quase fabulosas dos *keepsakes*[24], sobretudo por estar vestida em seu penhoar de seda no estilo persa, cujas volumosas pregas não eram capazes de esconder completamente os tesouros de seu corpo e a delicadeza da cintura, que se podiam admirar através desses véus espessados por flores e bordados. Ao se cruzar sobre seu peito, o tecido de cores brilhantes permitia ver a parte inferior do pescoço, cujos tons de branco contrastavam com os de uma fina renda aplicada sobre os ombros. Os

24. *Keepsakes*: palavra inglesa, para designar álbuns de gravuras ilustradas. (N.T.)

olhos, bordejados por cílios negros, aumentavam a expressão de curiosidade que franzia uma linda boca. No rosto bem-modelado notavam-se as formas arredondadas características da parisiense voluntariosa, risonha, instruída mas inacessível às seduções vulgares. Suas mãos pendiam quase transparentes nas extremidades de cada braço do sofá. Seus dedos de fuso e recurvados nas extremidades exibiam as unhas, espécies de amêndoas rosadas, onde se detinha a luz. Adam sorria da impaciência de sua mulher e a observava com um olhar ainda não entorpecido pela saciedade conjugal. Aquela pequena condessa delicada já havia sabido se tornar a dona de sua casa e mal dava atenção às manifestações de admiração de Adam. Nos olhares lançados de maneira dissimulada sobre ele, havia talvez a consciência da superioridade de uma parisiense sobre esse polonês franzino, magro e ruivo.

– Paz está chegando – disse o conde, ao escutar um passo que ressoava na galeria.

A condessa viu entrar um homem alto e bonito, bem feito, que trazia no rosto os traços dessa doçura resultante da força e da infelicidade. Paz havia vestido de modo apressado uma de suas sobrecasacas apertadas, com alamares presos por botões aos quais antigamente se dava o nome de poloneses. Os abundantes cabelos negros malpenteados rodeavam sua cabeça quadrada, e Clementine pôde ver, brilhante como um bloco de mármore, sua testa larga, já que Paz trazia na mão o boné com viseira. Essa mão assemelhava-se à do Hércules criança. A saúde mais robusta florescia sobre esse rosto dividido em partes iguais por um grande nariz romano, que lembrava a Clementine os belos trasteverinos[25]. Uma gravata de tafetá negro acabava por dar um acento marcial a esse mistério de pouco mais de 1 metro e 70, de olhos de azeviche e fulgor italiano. A amplitude da calça plissada, que permitia ver apenas

25. Trasteverinos: referência aos habitantes do Trastevere, bairro de Roma. (N.T.)

a ponta das botas, traía o culto de Paz pelas modas da Polônia. Na verdade, para uma mulher romântica, haveria algo burlesco no contraste tão gritante que se observava entre o capitão e o conde, entre esse pequeno polonês de corpo mirrado e esse belo militar, entre esse paladino e aquele palatino.

– Bom dia, Adam – ele cumprimentou o conde com familiaridade.

Depois se inclinou com graça, perguntando a Clementine em que podia servi-la.

– Então o senhor é amigo de Laginski? – perguntou a jovem.

– Para a vida e para a morte – respondeu Paz, a quem o jovem conde dirigiu o mais afetuoso dos sorrisos, enquanto lançava sua última baforada de fumo perfumado.

– Muito bem, por que nunca come com a gente? Por que não nos acompanhou na Itália e na Suíça? Por que se esconde aqui, de modo a escapar dos agradecimentos que lhe devo pelos serviços constantes que nos presta? – perguntou a jovem condessa, com uma espécie de vivacidade mas sem a menor emoção.

Com efeito, ela vislumbrava em Paz uma espécie de servidão voluntária. Essa ideia não estava isenta de um certo desapreço por um anfíbio social, alguém que era ao mesmo tempo secretário e mordomo, sem ser completamente nem secretário e nem mordomo, algo como um parente pobre, um amigo incômodo.

– Acontece, condessa – respondeu ele com bastante liberdade –, que não há agradecimento algum a me fazer. Sou amigo de Adam e tenho todo o prazer em cuidar de seus interesses.

– Você continua de pé também por prazer – disse o conde Adam.

Paz sentou-se num sofá, próximo do reposteiro.

– Eu me recordo de lhe haver visto por ocasião de meu casamento e algumas vezes no pátio – disse a jovem. – Mas por que se colocar numa posição de inferioridade, o senhor, amigo de Adam?

– A opinião dos parisienses me é completamente indiferente – ele disse. – Vivo para mim mesmo ou, se a senhora preferir, para os dois.

– Mas a opinião da sociedade sobre o amigo de meu marido não me pode ser indiferente...

– Ora, minha senhora, a sociedade logo se satisfaz com a seguinte definição: "Ele é um original!". Confesse.

Depois de um momento de silêncio, ele perguntou:

– Pensam em sair?

– Quer ir ao Bois?[26] – respondeu a condessa.

– Com todo o prazer.

Dito isso, Paz retirou-se com uma saudação.

– Que boa pessoa! Ele tem a simplicidade de uma criança – disse Adam.

– Conte-me como é a amizade de vocês – pediu Clementine.

– Paz, minha querida – disse Laginski –, pertence a uma nobreza tão antiga e ilustre quanto a nossa. Numa época de infortúnio, um dos Pazzi fugiu de Florença para a Polônia, onde se estabeleceu com alguma fortuna e deu início à família Paz, que recebeu o título de conde. Essa família, que se destacou nos belos dias de nossa república real[27], enriqueceu. O broto da árvore derrubada na Itália cresceu tão vigorosamente que existem hoje numerosos ramos da casa condal dos Paz. Portanto você não vai achar nada de extraordinário em saber que existem Paz ricos e Paz pobres. Nosso Paz é um rebento de um dos ramos pobres. Órfão, sem outra fortuna que não sua espada, serviu no regimento do grão-duque Constantino

26. Referência ao Bois de Boulogne, bosque situado na região central de Paris, local de encontro dos elegantes da época. (N.T.)

27. A realeza polonesa foi em determinadas épocas eleita e teve características liberais. (N.T.)

por ocasião de nossa revolução. Arrastado para o partido polonês, lutou como um polonês, como um patriota, como um homem que nada possui: três razões para se lutar bem. Na última batalha, acreditando estar sendo seguido por seus soldados, investiu contra uma bateria russa e foi aprisionado. Eu estava lá. Esse rasgo de coragem me estimulou: "Vamos buscá-lo", disse a meus cavaleiros. Carregamos sobre a bateria e libertei Paz, eu, o sétimo em linha. Éramos vinte ao iniciar o ataque, voltamos oito, incluindo Paz. Depois de Varsóvia ser vendida, foi preciso pensar em uma maneira de escapar dos russos. Por um incrível acaso, Paz e eu nos vimos juntos, na mesma hora e no mesmo local, na outra margem do Vístula[28]. Presenciei esse pobre capitão ser preso pelos prussianos, que fizeram o papel de cão de caça dos russos. Quando se pesca um homem nas águas do Estige[29], fica-se apegado a ele. Esse novo risco pelo qual passou Paz me causou tanta pena que me deixei prender juntamente com ele, com a intenção de ajudá-lo. Dois homens podem se salvar onde existe um único perigo. Graças a meu nome e a algumas ligações de parentesco com aqueles de quem a nossa sorte dependia, uma vez que estávamos nas mãos dos prussianos, eles acabaram por fechar os olhos à minha fuga. Fiz o meu querido capitão passar por um soldado sem importância, por um servidor de minha casa, e pudemos chegar a Dantzing. Ali nos enfiamos num navio holandês que partia para Londres, onde dois meses depois atracamos. Minha mãe adoecera na Inglaterra e ali me esperava; Paz e eu cuidamos dela até sua morte, acelerada pelas desgraças de nossas aventuras. Deixamos Londres e trouxe Paz comigo para a França. Passando por adversidades assim, dois homens se tornam irmãos. Quando me vi em Paris, aos 22 anos, dono de uma fortuna de sessenta e poucos mil francos

28. Vístula: principal rio da Polônia, banha Varsóvia e Cracóvia, antes de desaguar no Báltico. (N.T.)

29. Estige: rio do inferno, na mitologia grega. (N.T.)

de renda, sem contar os restos de uma soma proveniente dos diamantes e quadros de família vendidos por minha mãe, quis garantir o futuro de Paz antes de me entregar às dissipações da vida em Paris. Eu havia surpreendido um pouco de tristeza nos olhos do capitão, e algumas vezes rolavam deles lágrimas contidas. Tivera a oportunidade de apreciar sua alma, que é por natureza nobre, grande e generosa. Talvez ele se arrependesse de se ver preso aos favores de um jovem com seis anos menos do que ele, e sem poder saldar suas dívidas para com ele. Despreocupado e cabeça de vento como todo rapaz, eu estava condenado a me arruinar no jogo, a me deixar enredar por qualquer parisiense, e Paz e eu poderíamos um dia nos separar. Preocupado em atender a todas as suas necessidades, senti que havia possibilidade de eu me esquecer da pensão de Paz ou de ficar sem condições de pagá-la. Em suma, minha querida, eu quis lhe poupar o sofrimento, o pudor, a vergonha de me pedir o dinheiro ou de ter de recorrer em vão a seu companheiro em um dia de necessidade. *Dunque*[30], certa manhã, depois do café, os pés sobre os cães da lareira, cada um fumando seu cachimbo, eu, depois de enrubescer, tomando muito cuidado, lhe estendi um título de renda ao portador no valor de dois mil e quatrocentos francos...

Clementine deixou seu lugar, foi se sentar sobre os joelhos de Adam, passou-lhe o braço em torno do pescoço e beijou-o na testa, dizendo:

– Meu tesouro, como você é bonito! E o que fez Paz?

– Tadeu empalideceu e nada disse – retrucou o conde.

– Ah, ele se chama Tadeu!

– Sim. Tadeu dobrou o papel, que me devolveu, dizendo: "Acreditei, Adam, que nossa amizade era para a vida e para a morte e que nunca nos separaríamos. Então você não quer mais saber de mim?" E eu lhe disse: "Se você acha que é isso, Tadeu, muito bem, não falamos mais nisso. Mas

30. *Dunque*: no original, em italiano: "assim, portanto". (N.T.)

se eu me arruinar, você também estará arruinado." E ele retrucou: "Você não tem fortuna suficiente para viver como um Laginski; em vista disso, não terá necessidade de um amigo que se ocupe dos seus negócios, que seja como um pai e um irmão, um confidente seguro?" Minha queridinha, ao me dizer essas palavras Paz tinha na voz e no olhar uma calma que correspondia a uma emoção maternal, mas que revelava o reconhecimento de um árabe, o devotamento de um cão, a amizade de um selvagem, sem ostentação e sempre pronta. Digo com sinceridade: eu o abracei, como nós poloneses costumamos fazer, com a mão sobre o ombro, e o beijei nos lábios. "Na vida ou na morte, então! Tudo o que eu tenho também lhe pertence e faça como achar melhor." Foi ele quem descobriu este palacete, que custou tão pouco. Vendeu minhas letras de renda na alta, as recomprou na baixa e pagamos este barracão com o lucro. Conhecedor de cavalos, sabe negociar tão bem que meu estábulo custa muito pouco e tenho os mais belos cavalos, as mais encantadoras carruagens de Paris. Nosso pessoal, bravos soldados poloneses escolhidos por ele, morreriam por nós. Parecia que eu iria me arruinar e, no entanto, Paz mantém minha casa com uma ordem e uma economia tão perfeitas que ele conseguiu reparar desse modo algumas de minhas perdas insensatas no jogo, besteiras de rapaz. Meu Tadeu é esperto como dois genoveses, ávido de lucro como um judeu polonês, previdente como uma boa dona de casa. Nunca consegui fazê-lo viver como eu, quando ele ainda era um rapaz. Às vezes, quase necessitei recorrer às doces violências da amizade para o levar a um espetáculo aonde eu ia só ou aos jantares que oferecia no cabaré às companhias alegres. Ele não ama a vida dos salões.

– E o que ele ama então? – perguntou Clementine.

– Ele ama a Polônia, ele a lamenta. Suas únicas dissipações têm sido as ajudas, enviadas mais em meu nome do que no seu, a alguns de nossos pobres exilados.

– Veja só, eu vou gostar desse bravo rapaz – disse a condessa. – Ele me parece simples como tudo o que é verdadeiramente grande.

– Todas as belas coisas que você encontrou aqui, foi Paz que as descobriu – continuou Adam, transparecendo a mais nobre das seguranças ao elogiar o amigo. – Ele as adquiriu em leilões e liquidações. Ah, ele é mais comerciante do que os comerciantes. Quando o observar esfregando as mãos no pátio, pode ficar sabendo que ele trocou um bom cavalo por um melhor. Ele vive para mim, fica feliz de me ver elegante, numa carruagem deslumbrante. Cumpre sem ruído, sem ênfase, os deveres que se impôs a si mesmo. Certa noite, perdi vinte mil francos no jogo de whist. O que dirá Paz!, exclamei, ao acordar. Paz pagou o débito, não sem deixar escapar um suspiro, mas sem me culpar sequer com o olhar. Esse suspiro foi mais eficiente para me fazer cair em mim do que as recriminações dos tios, das mulheres ou das mães, que sempre existem nesses casos. "Você lamenta as perdas?", eu lhe perguntei. "Não, nem por você e nem por mim; não, eu apenas pensei que vinte pobres Paz viveriam com isso durante um ano." Você sabe que os Pazzi estão no mesmo nível social que os Laginski. E de qualquer maneira eu nunca quis ver no meu querido Paz um subalterno. De modo que me esforcei para ser tão grande, à minha maneira, quanto ele, na sua. Nunca saí de casa, ou voltei para ela, sem ir ver Paz, como iria ver meu pai. Minha fortuna também é dele. Enfim, Tadeu tem certeza de que eu me lançaria hoje para socorrê-lo em um momento de perigo do mesmo modo que já o fiz anteriormente, em duas ocasiões.

– Isso não é pouca coisa, meu querido – disse a condessa. – O devotamento é um relâmpago. As pessoas se devotam umas às outras na guerra, mas não se devotam mais quando estão em Paris.

– É exatamente isso! – concordou Adam. – Para Paz eu estou sempre na guerra. Nossas duas personalidades têm conservado suas asperezas e seus defeitos; mas o mútuo conhecimento de nossas almas tem reforçado os laços já tão estreitos de nossa amizade. Pode-se salvar a vida de um homem e depois matá-lo, se descobrimos que ele é um mau companheiro, mas passamos por tudo o que torna as amizades indissolúveis: há entre nós essa troca constante de impressões felizes, de uma parte e de outra, que talvez torne, sob esse ponto de vista, a amizade mais rica do que o amor.

Uma bela mão fechou tão prontamente a boca do conde que o gesto se assemelhou a um tapa.

– Mas é verdade – ele disse. – A amizade, meu anjo, ignora os fracassos dos sentimentos e as falências do prazer. Após haver dado mais do que pode, o amor acaba por dar menos do que recebe.

– Tanto de uma parte como da outra – retrucou Clementine sorrindo.

– Com certeza! – continuou Adam. – Ao passo que a amizade não pode senão aumentar. Você não precisa fazer essa careta; somos, meu anjo, tão amigos quanto amantes; conseguimos, pelo menos eu espero, reunir os dois sentimentos no nosso feliz casamento.

– Vou lhe explicar o que tornou vocês tão bons amigos – disse Clementine. – A diferença entre o modo de viver de vocês vem dos seus gostos, e não de uma escolha obrigatória; vem de suas fantasias, e não de suas posições. Na medida em que se pode julgar um homem que mal se viu, e em função do que você me disse, neste caso o subalterno pode vir a se tornar, em alguns momentos, o superior.

– Ah, Paz me é de fato superior – replicou ingenuamente Adam. – Não tenho outra vantagem sobre ele do que a da sorte.

A mulher o beijou, pela nobreza dessa confissão.

– A extrema habilidade com a qual ele disfarça a grandeza de seus sentimentos é uma superioridade imensa – continuou o conde. – Eu lhe disse: "Você é um sonso, tem no coração vastos domínios onde se refugia". Ele tem direito ao título de conde, e em Paris se faz chamar apenas de capitão.

– Por fim, o Florentino da Idade Média reapareceu depois de um intervalo de trezentos anos – disse a condessa. – Há nele alguma coisa de Dante e de Miguel Angelo.

– Você tem razão: na alma, ele é um poeta – respondeu Adam.

– Eis que me vejo casada com dois poloneses – disse a jovem condessa, com um gesto só comparável aos que o gênio é capaz de criar para uma cena teatral.

– Minha queridinha – disse Adam, apertando Clementine contra si. – Você me teria deixado chateado se não tivesse gostado de meu amigo; tivemos medo disso, tanto ele como eu, ainda que ele tivesse ficado encantado com o meu casamento. Você o deixará muito feliz, dizendo-lhe o quanto gosta dele... como um velho amigo, é claro.

– Então vou me vestir, está um dia bonito, vamos sair os três juntos – decidiu Clementine, tocando a campainha para chamar a criada.

Paz levava uma vida tão subterrânea que toda a Paris elegante se perguntou quem acompanhava Clementine Laginska, quando a viu indo e voltando do Bois de Boulogne entre Tadeu e o marido. Clementine, durante o passeio, exigiu que Tadeu jantasse com ela. Esse capricho de soberana absoluta obrigou o capitão a usar uma roupa pouco comum. Ao retornar do bosque, Clementine se vestiu com uma certa faceirice, de maneira a impressionar até o próprio Adam, quando entrou no salão onde os dois amigos a esperavam.

– Conde Paz – anunciou ela –, iremos juntos à ópera.

O tom que usou foi o que entre as mulheres significa "se você recusar, ficaremos de mal".

– Com prazer, senhora – respondeu Paz. – Mas como não tenho a fortuna de um conde, me chame simplesmente de capitão.

– Muito bem, capitão, me dê o braço – ela disse, pegando-o pelo braço e conduzindo-o à sala de jantar com um movimento repleto daquela untuosa familiaridade que encanta os enamorados.

A condessa colocou a seu lado o capitão, e a atitude dele era a de um pobre subtenente jantando com um rico general. Paz deixou Clementine falar, escutou-a demonstrando a deferência que se tem por um superior, em nada a contradisse e aguardou sempre uma pergunta formal antes de responder. Enfim, pareceu quase estúpido à condessa, cujas denguices naufragaram diante daquele ar glacial e daquele respeito diplomático. Em vão Adam lhe dizia:

– Alegre-se, Tadeu! Parece que você não está em casa! Você parece ter apostado que iria deixar Clementine desconcertada.

Tadeu continuou pesadão e sonolento. Quando os criados deixaram os donos da casa a sós depois da sobremesa, o capitão explicou como sua vida era o avesso daquela que as pessoas da sociedade levavam: ia dormir às oito horas da noite e se levantava de madrugada; justificava dessa maneira sua fisionomia como resultado de uma grande necessidade de dormir.

– Minha intenção, ao convidá-lo para a Ópera, era de fazer com que se divertisse um pouco, capitão; mas faça como achar melhor – disse Clementine, um pouco agastada.

– Eu irei – respondeu Paz.

– Duprez[31] canta *Guilherme Tell*[32] – prosseguiu Adam –, mas talvez você preferisse ir ao Variétés?

O capitão sorriu e soou a campanhia; o lacaio apareceu.

31. Duprez: Gilbert-Louis Duprez (1806-1896), cantor e compositor francês. (N.T.)

32. *Guilherme Tell*: ópera de Rossini. (N.T.)

– Constantino – ele lhe disse –, atrele a carruagem em vez de atrelar o cupê.

Depois, voltando-se para o conde:

– Nós ficaríamos apertados.

– Um francês não se lembraria disso – observou Clementine, sorrindo.

– Ah, mas nós somos florentinos transplantados para o Norte – respondeu Tadeu, com uma delicadeza de tom e com um olhar que demonstraram que sua conduta à mesa fora resultado de uma atitude deliberada.

Graças a uma imprudência, bastante compreensível, ficou gritante o contraste entre o modo de proferir aquela frase e a atitude que Paz mantivera durante o jantar. Clementine examinou o capitão com um desses olhares dissimulados com os quais as mulheres deixam transparecer a um só tempo surpresa e observação. Por isso, durante todo o período em que os três tomaram o café no salão, reinou um silêncio bastante incômodo para Adam, incapaz de lhe descobrir a causa. Clementine não provocou mais Tadeu. De sua parte, o capitão retomou a rigidez militar e não mais a abandonou, nem durante o percurso e nem no camarote, onde fingiu dormir.

– Como a senhora pode ver, sou um personagem dos mais tediosos – ele disse, no último ato de *Guilherme Tell*, durante a cena da dança. – Não tenho toda a razão em ficar limitado, como se diz, só à minha especialidade?

– Na verdade, meu caro capitão, o senhor não é nem charlatão e nem gosta de conversar fiado; o senhor é muito pouco polonês.

– Deixe-me então – retrucou ele – cuidar de seus prazeres, de sua fortuna e de sua casa; eu só sirvo para isso.

– Seu Tartufo! – exclamou o conde Adam sorrindo. – Minha querida, ele tem bom coração, ele é instruído; poderia, se quisesse, ocupar o lugar que lhe cabe num salão. Clementine, não leve a modéstia dele ao pé da letra.

– Até logo, condessa; já lhe dei provas de boa vontade. Vou aproveitar a sua carruagem para ir dormir mais cedo, eu a mando de volta em seguida.

Clementine fez um meneio de cabeça e o deixou partir sem nada responder.

– Ele é um urso – comentou com o conde. – Você é muito mais gentil!

Adam apertou a mão da mulher, sem que o vissem.

– Pobre do meu querido Tadeu! Ele se empenhou em ser desagradável numa ocasião em que qualquer homem teria se esforçado em me superar nas amabilidades.

– Ah, mas não sei se não há, na verdade, alguma segunda intenção em sua atitude – ela disse. – Ele teria deixado intrigada uma mulher comum.

Meia hora mais tarde, enquanto Boleslas, o lacaio, gritava "abram a porta" e o cocheiro, com a carruagem parada na entrada, esperava que os dois batentes fossem abertos, Clementine perguntou ao marido:

– Onde é mesmo que mora o capitão?

– Ali – respondeu Adam, mostrando uma pequena construção elegantemente erguida no alto do portão de entrada, com uma janela que dava para a rua. – Seu apartamento fica sobre as cocheiras.

– E quem ocupa o outro lado?

– Por enquanto, ninguém – respondeu Adam. – O outro apartamento pequeno, localizado em cima das cocheiras, será para os nossos filhos e seu preceptor.

– Ele ainda não se deitou – disse a condessa, percebendo luz no apartamento de Tadeu no momento em que a carruagem chegou sob o pórtico de colunas, copiadas do das Tulherias, que substituía a vulgar marquise de zinco pintado para parecer brim.

O capitão, vestindo um roupão, cachimbo na mão, olhava Clementine entrar no vestíbulo. O dia havia sido duro para ele, e eis o motivo: Tadeu sentira no coração um abalo terrível na ocasião em que, levado por Adam aos italianos para que a julgassem, havia visto a Senhorita du Rouvre pela primeira vez; depois, quando a reviu na prefeitura e na igreja de São Tomás de Aquino, reconheceu nela a mulher que todo homem deseja amar, já que até Dom Juan tinha uma predileta entre *mille e ter*[33]! Por isso mesmo Paz aconselhara com tanta ênfase a clássica viagem de depois do casamento. Quase tranquilo durante o tempo da ausência de Clementine, seus sofrimentos recomeçaram depois do retorno do belo casal. E agora, enquanto fumava seu lataki[34**] no cachimbo de cerejeira de seis pés de comprimento, presente de Adam, ele pensava: "Só eu e Deus, que me recompensará por haver sofrido em silêncio, saberemos a que ponto eu a amo! Mas como não ganhar nem seu amor, nem seu ódio?".

Refletia ao infinito sobre esse teorema de estratégia amorosa. Não se deve acreditar que Tadeu vivia sem prazer em meio a sua dor. Os equívocos sublimes daquele dia constituíram fontes de alegria interior. Depois do retorno de Clementine e Adam, experimentava dia após dia satisfações inefáveis ao se descobrir necessário a esse casal que, sem seu devotamento, teria caminhado com certeza para a ruína. Que fortuna resistiria às prodigalidades da vida parisiense? Criada por um pai dissipador, Clementine nada sabia da administração de uma casa, que mesmo hoje as mulheres mais ricas e mais nobres são obrigadas a supervisionar. Quem atualmente pode sustentar um mordomo? Adam, por seu lado, filho de um desses grandes senhores poloneses que se deixam devorar pelos judeus, incapaz de administrar os destroços de uma das mais grandiosas fortunas da Polônia, país em que existem as maiores, não era de feitio a que se pudesse pôr freio em suas fantasias ou nas de sua esposa. Sozinho, ele teria talvez se arruinado ainda

---

33. *Mille e ter*: em italiano, mil e três. (N.T.)

34. Lataki: fumo turco, produzido na cidade de mesmo nome. (N.T.)

antes de seu casamento. Paz o impedira de jogar na Bolsa – isso já não diz tudo? Assim, ao se sentir amando Clementine apesar de si mesmo, Paz não teve o recurso de abandonar a casa e viajar para esquecer sua paixão. A gratidão, a palavra-chave do enigma que representava sua vida, prendia-o a esse palacete, onde só ele podia fazer o papel de homem de negócios dessa família turbulenta. Esperara que a viagem de Adam e Clementine lhe trouxesse a calma; porém, a condessa retornara mais bela, no gozo dessa liberdade de espírito que o casamento oferece às parisienses, exibindo todas as graças de uma jovem mulher e aquela atração indefinível que deriva da felicidade ou da independência que lhe proporcionava um jovem homem tão confiante, tão verdadeiramente cavalheiro, tão amoroso como Adam.

Ter a certeza de ser a mola-mestra do esplendor daquela casa, ver Clementine descendo da carruagem ao voltar de uma festa ou saindo de manhã para o bosque, reencontrá-la nos bulevares em sua bela viatura, como uma flor em um buquê, despertava no pobre Tadeu voluptuosidades misteriosas e plenas que desabrochavam no fundo de seu coração sem que qualquer sinal transparecesse em seu rosto. Como, depois de cinco meses, a condessa teria notado o capitão? Ele se escondia dela, ocultando o cuidado que punha em evitá-la.

Nada se assemelha mais ao amor divino do que um amor sem esperanças. Não precisa um homem ter uma certa profundidade de coração para se devotar no silêncio e na obscuridade? Essa profundidade, onde se abriga um orgulho de pai e de Deus, contém o culto do amor pelo amor, do mesmo modo que o poder pelo poder era a base da vida dos jesuítas, avareza sublime por ser constantemente generosa e modelada pela misteriosa existência dos princípios do mundo. O *Efeito*, não é isso a Natureza? E a Natureza é encantadora, pertence ao homem, ao poeta, ao pintor, ao que ama; mas a *Causa* não é, aos olhos de algumas almas privilegiadas e para alguns pensadores grandiosos, superior à Natureza? A Causa é Deus. Nessa esfera de causas vivem os Newton, os Laplace, os Kepler, os Descartes, os Malebranche, os Spinoza, os Buffon, os verdadeiros poetas e os solitários da segunda era cristã, as Santa Teresa de Espanha e as sublimes visionárias. Cada sentimento humano comporta analogias com essa situação em que o espírito abandona o Efeito pela Causa, e Tadeu havia atingido essa altitude onde tudo se transforma. Presa de tais alegrias indizíveis de criador, Tadeu era, no amor, o que reconhecemos como de mais grandioso nos anais da genialidade.

– Não, ela não se deixou enganar por completo – ele dizia a si mesmo, acompanhando com os olhos a fumaça do cachimbo. – Ela poderá me indispor de modo irremediável com Adam, se implicar comigo. Por outro lado, se ela se mostrar sedutora, para me atormentar, o que será de mim?

A insensatez dessa última suposição era tão contrária ao caráter modesto e à espécie de timidez germânica do capitão, que ele se recriminou por tê-la concebido e foi se deitar com a resolução de aguardar os acontecimentos antes de decidir qualquer coisa.

No dia seguinte, Clementine almoçou bem cedo, sem a companhia de Tadeu e sem se dar conta de sua desobediência. Era o dia em que costumava receber, o que, nela, significava um esplendor de realeza. Não prestou atenção na ausência do capitão, a quem chegavam os ecos desse momento de gala.

– Bem – disse Paz consigo mesmo, ao ouvir as carruagens partindo por volta de duas horas da madrugada. – A condessa não teve mais do que uma fantasia ou uma curiosidade de parisiense.

O capitão retomou então seus hábitos de sempre, alterados momentaneamente por aquele incidente. Distraída com as preocupações da vida parisiense, Clementine pareceu haver esquecido Paz. Pode-se pensar que é pouca coisa reinar sobre essa volúvel Paris? Pode-se por acaso acreditar que nesse jogo supremo alguém arrisca somente a sua fortuna? Os invernos são para as mulheres na moda o mesmo que era antigamente uma campanha para os militares do império. Há obra de arte e de gênio maior que uma roupa ou um penteado destinados a provocar sensação? Uma mulher frágil e delicada enverga sua dura e brilhante armadura de flores e diamantes, de seda e aço, das nove da noite até às duas, muitas vezes até às três horas da manhã. Come pouco para ser capaz de atrair os olhares para sua cintura fina; à fome que toma conta dela durante a noitada contrapõe taças de chá debilitantes, bolos açucarados, sorvetes que aquecem ou pesadas fatias de pastelaria. O estômago deve dobrar-se às ordens da faceirice. Ela acorda muito tarde. Tudo está em contradição com as leis da natureza, e a natureza é implacável. Mal se levanta, uma mulher na moda recomeça a toalete matinal enquanto pensa na sua toalete da tarde. Não precisa ela receber, fazer visitas, ir ao bosque a cavalo ou de carruagem? Não é necessário o tempo todo entregar-se à administração dos sorrisos, empenhar o espírito na concepção de cumprimentos que não pareçam nem comuns e nem rebuscados?

Não são todas as mulheres que conseguem isso. É motivo de espanto uma jovem que o mundo viu chegar em todo o seu frescor ser reencontrada três anos depois murcha e gasta. Seis meses passados no campo são suficientes para curar as feridas provocadas pelo inverno? Hoje não se ouve falar de outra coisa que não sejam gastrites, doenças estranhas, que as mulheres dedicadas aos afazeres domésticos não conhecem. Antigamente, a mulher se mostrava algumas vezes; hoje, está sempre no centro da cena. Clementine tinha de lutar: começava a ser citada e, em meio às preocupações exigidas por essa batalha entre ela e suas rivais, mal havia lugar para o amor de seu marido. Tadeu podia perfeitamente ser esquecido.

Entretanto, um mês mais tarde, em maio, alguns dias antes de partir para a região de Ronquerolles, na Borgonha, ao retornar do Bois, ela avistou, na alameda contrária da Champs-Élysées, Tadeu vestido com requinte, extasiado a observar sua bela condessa na caleça, com cavalos fogosos, librés faiscantes, enfim, seu querido e admirado casal.

– Olha lá o capitão – ela disse ao marido.

– Como ele parece feliz! – respondeu Adam. – Essa é a sua alegria: não há carruagem mais bem cuidada do que a nossa, e ele sente prazer em ver que todo mundo inveja nossa felicidade. Ah, você reparou nele pela primeira vez, mas ele está lá quase todos os dias.

– No que estará pensando? – perguntou Clementine.

– Ele pensa neste momento que o inverno nos saiu muito caro e que vamos fazer economia na casa de seu velho tio Ronquerolles – respondeu Adam.

A condessa mandou parar diante de Paz e o fez sentar-se ao lado dela na caleça. Tadeu enrubesceu como uma cereja.

– Eu vou empestear vocês – disse ele. – Estava fumando charuto até este momento.

– E por acaso Adam não me empesteia? – respondeu ela com vivacidade.

– Sim; mas é Adam – replicou o capitão.

– E por que Tadeu não teria os mesmos privilégios? – disse a condessa sorrindo.

Esse divino sorriso teve mais força que as resoluções heroicas de Paz; ele olhou Clementine com todo o fogo de sua alma nos olhos, temperado, entretanto, pelo angélico testemunho de sua gratidão, sendo ele homem que não vivia senão para esse sentimento. A condessa cruzou os braços dentro de seu xale, apoiou-se pensativa nas almofadas, nelas esfregando as plumas de seu bonito chapéu, e fixou os olhos nos passantes. Aquele vislumbre de uma grande alma, até então resignada, mexeu com sua sensibilidade. Qual era a seus olhos, afinal de contas, o mérito de Adam? Não é uma coisa natural ter-se coragem e generosidade? Mas o capitão!... Tadeu possuía, ou parecia possuir, uma imensa superioridade sobre Adam. Que funestos pensamentos tomaram conta da condessa, ao observar outra vez o contraste entre a natureza tão completa que distinguia Tadeu e o físico franzino que, em Adam, denunciava a degenerescência forçada das famílias aristocráticas, insensatas por sempre se unirem entre si? Esses pensamentos, só o diabo os conhece; a jovem manteve ainda mais vagos os olhos pensativos, sem nada dizer até o regresso ao palacete.

– O senhor vai jantar conosco; do contrário, vou ficar aborrecida porque me desobedeceu – ela disse ao entrar. – O senhor é Tadeu para mim tanto quanto para Adam. Conheço as obrigações que lhe deve, mas também conheço todas as que lhe devemos. Por dois impulsos de generosidade, que são tão naturais, o senhor tem sido generoso a toda hora e todos os dias. Meu pai vem jantar conosco, assim como meu tio Ronquerolles e minha tia Sérezy. Vá se vestir – disse ela, segurando a mão que ele estendia para ajudá-la a descer da carruagem.

Tadeu subiu para seus aposentos para se vestir, com o coração a um só tempo feliz e apertado por uma terrível palpitação. Desceu no último momento e retomou durante o jantar seu papel de militar, bom somente para cumprir as funções de um intendente. Mas dessa vez Clementine não se deixou enganar por Paz, esclarecida que fora por seu olhar. Ronquerolles, o mais hábil embaixador desde o príncipe de Talleyrand e que tão bem serviu De Marsay durante seu curto ministério, foi informado pela sobrinha a respeito do elevado valor do conde Paz, que se fazia tão modestamente o intendente de seu amigo Mitgislas.

– E como é que somente agora vejo pela primeira vez o conde Paz? – perguntou o marquês de Ronquerolles.

– Ah, ele é dissimulado e misterioso – respondeu Clementine, lançando um olhar a Paz, que lhe dizia para mudar de atitude.

Por desgraça, é preciso confessar, com o risco de tornar o capitão menos interessante, Paz, ainda que superior a seu amigo Adam, não era um homem forte. Sua aparente superioridade era devida à tristeza. Durante seus dias de desgraça e tristeza em Varsóvia, ele lia, instruía-se, comparava e meditava, mas não possuía de jeito nenhum aquele dom da criação que faz o grande homem – e isso é coisa que se possa adquirir? Paz, grande unicamente pelo coração, chegava então ao sublime; porém, na esfera dos sentimentos, mais homem de ação do que de pensamento, guardava suas ideias para si. Seus pensamentos serviam apenas para devorar seu coração. Além do mais, o que é um pensamento não expresso? Às palavras de Clementine, o marquês de Ronquerolles e sua irmã trocaram um olhar significativo, que abrangia sua sobrinha, o conde Adam e Paz. Foi uma dessas cenas rápidas que só acontecem na Itália ou em Paris. Só nesses dois locais do mundo, com a exceção de todas as cortes, os olhos sabem dizer tudo. Para comunicar ao olhar toda a pujança da alma, dar-lhe o valor de um discurso, inserir nele de repente um poema ou um drama, é necessária excessiva servidão ou excessiva liberdade. Adam, o marquês de Rouvre e a condessa não perceberam de jeito nenhum essa luminosa inspeção por parte de uma velha sofisticada e de um velho diplomata; mas Paz, esse cão fiel, compreendeu a avaliação deles. Foi, notem bem, coisa de dois segundos.

Querer pintar a tempestade que devastou a alma do capitão seria algo impreciso demais para os tempos que correm.

– Mas como! Então a tia e o tio acreditam que eu posso ser amado? – disse consigo mesmo. – Agora minha felicidade não depende mais do que de minha audácia? Mas e Adam! ...

O Amor ideal e o Desejo, ambos tão poderosos quanto a Gratidão e a Amizade, entrechocaram-se e o Amor predominou por um momento. Esse pobre amante digno de admiração quis ter o seu dia! Paz tornou-se espirituoso, queria agradar e descreveu a insurreição polonesa em seus grandes traços em resposta a uma explicação solicitada pelo diplomata. Paz observou então, no momento da sobremesa, Clementine suspensa de seus lábios, tomando-o por um herói e esquecendo que Adam, após haver sacrificado um terço de sua imensa fortuna, havia suportado os azares do exílio. Às nove horas, depois do café, a senhora de Sérizy beijou a sobrinha na testa, enquanto lhe apertava a mão, e exigiu que o conde Adam saísse com ela, abandonando os marqueses du Rouvre e de Ronquerolles, que dez minutos mais tarde se foram. Paz e Clementine ficaram a sós.

– Eu vou lhe deixar, senhora, porque tem de ir encontrá-los na Ópera – disse Tadeu.

– Não – ela respondeu. – A dança não me agrada, e esta noite eles apresentam um balé detestável, *Revolta no serralho*.

Houve um momento de silêncio.

– Há dois anos, Adam não teria saído sem mim – afirmou ela, sem olhar Paz.

– Ele a ama loucamente – respondeu Tadeu.

– Ah! E é porque me ama loucamente que ele talvez não me ame mais amanhã! – exclamou a condessa.

– As parisienses são inexplicáveis – comentou Tadeu. – Quando são amadas loucamente, elas querem ser amadas racionalmente; quando as amam racionalmente, elas recriminam os homens por não saberem amar.

– E elas têm sempre razão, Tadeu – ela prosseguiu com um sorriso. – Conheço bem Adam, não lhe quero mal por isso: ele é leviano e sobretudo um grande senhor; ele estará sempre contente de me ter como sua mulher e jamais me contrariará em qualquer de meus desejos, mas...

– Em que casamento não existe um *mas*? – disse Tadeu com tranquilidade, esforçando-se em dar um outro rumo aos pensamentos da condessa.

Até o menos presunçoso homem do mundo teria tido, quem sabe, o pensamento que quase enlouquecia esse apaixonado: “Se não confessar que a amo, sou um imbecil!” – o capitão disse consigo mesmo.

Criou-se entre aqueles dois seres um desses terríveis silêncios prenhes de pensamentos. A condessa examinava Paz furtivamente, do mesmo modo que Paz a contemplava no espelho. Afundando em sua poltrona como um homem saciado que faz a digestão, com um autêntico gesto de marido ou de velho indiferente, Paz cruzou as mãos sobre o ventre, fez passar rápida e maquinalmente seus polegares um sobre o outro e olhou de forma estúpida um ponto fixo.

– Mas então fale-me bem de Adam! – exclamou Clementine. – Diga-me que ele não é um homem leviano, o senhor que o conhece tão bem!

Essa exclamação foi sublime.

“Chegou o momento de levantarmos entre nós barreiras insuperáveis” – pensou o pobre Paz, elaborando uma mentira heroica.

– Falar bem?... – repetiu em voz alta. – Quero muito bem a ele, a senhora não acreditaria em mim. Sou incapaz de falar mal dele. De modo que... meu papel entre os dois, senhora, é muito difícil.

Clementine baixou a cabeça e olhou o bico dos sapatos de verniz de Paz.

– Os senhores, gente do Norte, têm apenas coragem física. Falta-lhes firmeza em suas decisões – ela disse, num murmúrio.

– O que vai fazer quando ficar só, minha senhora? – perguntou Paz, assumindo um ar de perfeita ingenuidade.

– Não vai então ficar em minha companhia?

– Perdoe-me por deixá-la.

– Mas por quê? Aonde vai?

– Vou ao circo; ele estreia esta noite no Champs-Élysées e não posso faltar...

– E por que não? – perguntou Clementine, com um olhar um tanto encolerizado.

– Preciso lhe abrir meu coração – ele prosseguiu, enrubescendo. – Vou lhe confiar o que escondo de meu querido Adam, que acredita que amo apenas a Polônia.

– Ah, nosso capitão guarda um segredo?

– Sim, uma coisa infame, que irá compreender e da qual me consolará.

– Infame, o senhor...?

– Sim. Eu, conde Paz, estou loucamente apaixonado por uma moça que percorre a França com a família Bouthor, uma gente proprietária de um circo nos moldes do de Franconi, mas que só se apresenta em feiras! Ela foi contratada pelo diretor do circo Olímpico graças a mim.

– É bonita? – perguntou a condessa.

– Pelo menos para mim é – ele replicou com melancolia. – Málaga, esse é o seu nome de guerra, é forte, ágil e delgada. Por que a prefiro a todas as outras mulheres do mundo? Na verdade não saberia dizê-lo. Quando a vejo, os cabelos negros, presos por um bandô de cetim azul, flutuando sobre os ombros nus e morenos, vestindo uma túnica branca com bordados dourados e um maiô tricotado de seda que a transforma numa viva estátua grega, os pés em sapatos de cetim debruado, atravessando, ao som de uma marcha militar, bandeiras na mão, um enorme arco, cujo papel se rompe no ar, quando então o cavalo foge a todo galope e ela cai com graça outra vez sobre ele, aplaudida pela multidão, sem a necessidade de claques... isso tudo me emociona.

– Mais do que uma bela mulher no baile? – perguntou Clementine com provocante surpresa.

– Sim – respondeu Paz, a voz estrangulada. – Essa admirável agilidade, essa graça permanente ao longo de um perigo permanente, isso tudo me parece o mais belo triunfo de uma mulher... Sim, minha senhora, a Cinti e a Malibran, a

Grisi e a Taglioni, a Pasta e a Elssler[35], todas as que reinam ou reinaram no palco não me parecem dignas de desatar os nós das botinas de Málaga, que é capaz de montar e desmontar um cavalo galopando, que desliza sob ele à esquerda para remontar à direita, que volteia como um fogo-fátuo branco em torno do animal mais fogoso, que pode se conservar na ponta de um só pé e cair sentada sobre o dorso desse cavalo sempre a galope; e que, por fim, em pé sobre o corcel sem freios, tricota meias, quebra ovos ou prepara uma omelete, ante a profunda admiração do povo, do povo autêntico – os camponeses e os soldados! Antigamente, durante o desfile, essa deliciosa Colombina carregava cadeiras apoiadas na ponta do nariz, o mais belo nariz grego que já vi. Málaga, senhora, é a destreza em pessoa. De uma força hercúlea, precisa apenas de seu punho pequeno ou de seu pezinho para se livrar de três ou quatro homens. Em suma, é a deusa da ginástica.

– Ela deve ser pouco inteligente...

– Ah, não – prosseguiu Paz. – É divertida como a heroína de *Peveril do Pico*[36]. Despreocupada como uma boêmia, diz tudo o que lhe vem à cabeça, preocupa-se com o futuro tanto quanto a senhora se preocupa com as moedas que joga para um mendigo, e não tem nenhuma noção das coisas refinadas. Jamais alguém conseguirá convencê-la de que um velho diplomata é um homem jovem e bonito, e nem um milhão no bolso a faria mudar de ponto de vista. Seu amor é, para um homem, uma eterna lisonja. De saúde verdadeiramente insolente, seus dentes são 32 pérolas vindas de um delicioso Oriente, engastadas em coral. Seu focinho, como chama a parte inferior de seu rosto, tem, de acordo com a expressão de Shakespeare, o frescor, o sabor de um focinho de novilha.

35. Cinti, Malibran, Taglioni, Grisi, Pasta e Essler: famosas atrizes e cantoras, contemporâneas de Balzac. (N.T.)

36. *Peveril do Pico*: em inglês, *Peveril of the Peak*, romance de aventuras de Walter Scott. (N.T.)

E isso causa desgostos cruéis! Ela tem apreço pelos homens bonitos, pelos homens fortes, pelos Augustos e Alexandres, pelos saltimbancos e pelos palhaços. Seu instrutor, uma Cassandra assustadora, a enchia de pancadas, e foram necessárias milhares delas para lhe dar sua flexibilidade, sua graça e sua coragem.

– O senhor perdeu a cabeça por Málaga! – disse a condessa.

– Ela só se chama Málaga nos cartazes – disse Paz, com um jeito irritado. – Ela mora na Rue Saint-Lazare, num pequeno apartamento do terceiro piso, em meio ao veludo e à seda, e lá vive como uma princesa. Tem duas existências: a vida circense e a vida de uma mulher bonita.

– E ela o ama?

– Ela me ama... a senhora vai rir... somente porque sou polonês! Ela vê sempre os poloneses como se fossem a imagem de Poniatowski mergulhando no Elster[37], porque para a França inteira o Elster, onde é impossível alguém se afogar, é um rio impetuoso que engoliu Poniatowski... No meio de tudo isso, sou muito infeliz, minha senhora...

A lágrima de raiva que escorreu dos olhos de Tadeu emocionou Clementine.

– Os senhores, homens, gostam de tudo que é fora do comum.

– E as mulheres não? – contestou Tadeu.

– Conheço tão bem Adam que estou segura de que ele me esqueceria por causa de qualquer artista de circo, como a sua Málaga. Mas onde a conheceu?

– Em Saint-Cloud, no último setembro, no dia da festa. Ela estava num canto do tablado coberto de pano onde são feitas as apresentações. Seus companheiros, todos vestidos como poloneses, faziam uma algazarra assustadora. Eu a notei,

---

37. Elster: rio da Alemanha em que o general Poniatowski, herói polonês, morreu afogado em 1812. (N.T.)

muda, silenciosa, e acreditei adivinhar nela pensamentos de melancolia. Não havia motivos para isso em uma moça de vinte anos. Foi o que me tocou.

A condessa assumiu uma atitude deliciosa, pensativa, quase triste.

– Meu pobre Tadeu! – exclamou e, com a gentileza de uma verdadeira grande dama, acrescentou, não sem um fino sorriso: – Vá, vá ao circo!

Tadeu segurou-lhe a mão, a beijou, deixando nela uma lágrima quente, e saiu.

Após haver inventado essa paixão por uma amazona de circo, ele precisava lhe dar alguma realidade. Em sua narrativa, a única coisa verdadeira era o momento de atenção conseguido pela famosa Málaga, amazona da família Bouthor, em Saint-Cloud; naquela manhã, o nome dela no cartaz do circo chamara a atenção de seus olhos. O palhaço, comprado com uma moeda de um franco, contara a Paz que a amazona era uma criança abandonada, talvez roubada. Tadeu dirigiu--se então ao circo e viu a bela jovem. Mediante dez francos, um cavalariço, que lá faz o papel das costureiras do teatro, informou-lhe que Málaga se chamava Margarida Turquet e morava na Rue Fossés-du-Temple, em um quinto andar.

No dia seguinte, um Paz acabrunhado dirigiu-se ao endereço no bairro do Templo e perguntou pela senhorita Turquet, que no verão era a substituta da mais ilustre amazona do circo e que no inverno tornava-se atriz do teatro do bulevar.

– Málaga! – gritou a porteira, precipitando-se na mansarda. – Um cavalheiro está a sua procura! Ele está se informando a seu respeito com Chapuzot, que o está entretendo, para me dar tempo de lhe alertar.

– Obrigada, mamãezinha Chapuzot; ah, o que ele vai pensar se me vir passando o meu vestido!

– Ah, não ligue, não; quando se ama, se ama a pessoa como ela é.

– É um inglês? Eles amam os cavalos.

– Não, ele me parece ser espanhol.

– Pior ainda! Dizem que os espanhóis estão na miséria... Fique aqui comigo, mamãe Chapuzot, senão ficarei parecendo uma abandonada...

– Que deseja, senhor? – perguntou a Tadeu a porteira, abrindo a porta.

– A senhorita Turquet.

– Minha filha – disse a porteira, bancando a importante. – Uma pessoa quer ver você.

Uma corda sobre a qual havia roupa de baixo a secar descabelou o capitão.

– Que deseja, senhor? – perguntou Málaga, pegando o chapéu de Paz.

– Eu a vi no circo e a senhorita me lembrou uma filha que perdi; e por afeição a minha Heloísa, com quem se parece de maneira impressionante, eu gostaria de ajudá-la, se me permitir, é claro.

– Mas como não! Sente-se por favor, general – disse a senhora Chapuzot. – Ninguém pode ser mais amável que o senhor... nem mais galante.

– Não sou um homem galante, minha cara senhora – disse Paz. – Sou um pai desesperado, que quer apenas se iludir um pouco com uma semelhança.

– Quer dizer que vou fazer o papel de sua filha? – perguntou Málaga com muita finura e sem suspeitar da profunda veracidade de suas palavras.

– Sim – disse Paz. – Irei vê-la algumas vezes e, para que a ilusão seja completa, eu a alojarei num belo apartamento, ricamente mobiliado...

– Terei móveis? – perguntou Málaga, olhando para a senhora Chapuzot.

– E também criados – continuou Paz. – E todo o conforto.

Málaga examinou o estrangeiro disfarçadamente.

– O senhor é de que país?

– Sou polonês.

– Então, eu aceito – ela disse.

Paz saiu, prometendo voltar.

– É uma coisa complicada! – disse Margarida Turquet, olhando para a senhora Chapuzot. – Tenho medo de que esse homem queira me amansar só para realizar alguma fantasia. Ah, eu estou me arriscando.

Um mês após essa estranha entrevista, a bela amazona já habitava um apartamento deliciosamente mobiliado pelo tapeceiro do conde Adam, uma vez que Paz desejava provocar comentários de sua loucura no palacete Laginski. Málaga, para quem essa aventura era um sonho das Mil e Uma Noites, era servida pelo casal Chapuzot, ao mesmo tempo seus confidentes e criados. Os Chapuzot e Margarida Turquet aguardavam por algum desenlace; mas, decorrido um trimestre, nem Málaga nem a senhora Chapuzot sabiam como interpretar o capricho do conde polonês. Paz vinha ali passar cerca de uma hora por semana, durante a qual permanecia no salão, sem nunca manifestar desejo de ir à antecâmara ou ao quarto de Málaga, apesar das mais hábeis manobras da amazona e dos Chapuzot. O conde informava-se dos pequenos acontecimentos que nuançavam a vida da artista circense e a cada visita deixava-lhe duas moedas de quarenta francos sobre a lareira.

– Ele tem um ar de quem se aborrece – dizia a senhora Chapuzot.

– É verdade – respondia Málaga. – Esse homem é frio como a geada...

– Mas mesmo assim ele é um bom rapaz – afirmava Chapuzot, feliz de se ver vestido em tecido azul de Elbeuf e parecendo-se com qualquer funcionário de um ministério.

Por meio de sua oferenda periódica, Paz constituiu para Margarida Turquet uma renda de 320 francos mensais.

Essa soma, acrescida dos magros rendimentos que ela recebia do circo, lhe proporcionou uma existência esplêndida, em comparação com sua antiga miséria. Corriam estranhas histórias no circo sobre a felicidade de Málaga. A vaidade da amazona fez com que subissem para 60 mil francos os seis mil francos que seu apartamento custava ao reservado capitão. No dizer dos palhaços e seus companheiros, Málaga comia em baixelas de prata; sem falar que vinha para o circo vestida em elegantes capotes, caxemiras, echarpes deliciosas. O polonês era, em suma, o melhor homem que uma amazona poderia encontrar: nem briguento e nem ciumento, dava a Málaga toda a liberdade.

– Há mulheres que têm muita sorte! – dizia a rival de Málaga. – Comigo, a quem devem um terço do que teria a receber, essas coisas não acontecem.

Málaga usava bonitas bijuterias e *bancava a importante* (admirável expressão do almanaque das moças) ao desfilar de carruagem no Bois de Boulogne, onde a juventude elegante já estava a notá-la. Enfim, começava-se a falar de Málaga no mundo equívoco das mulheres suspeitas, no qual sua felicidade era atacada com calúnias. Diziam que era sonâmbula e que o polonês passava por um hipnotizador à procura da pedra filosofal. Algumas maledicências ainda mais venenosas do que essas tornaram Málaga mais curiosa do que Psiquê[38*]; ela as mencionou a Paz chorando.

– Quando não gosto de uma mulher, eu não a calunio, não afirmo que a hipnotizam para encontrar pedras – disse ela ao término. – Se digo que ela é corcunda, eu provo. Por que o senhor me compromete?

Paz conservou-se no mais cruel dos silêncios. A senhora Chapuzot acabou descobrindo o nome e o título

38. Psiquê: personagem mitológica, esposa de Eros, não deveria saber quem era seu marido, para conservar a felicidade. Curiosa, acendeu uma vela para ver seu rosto e foi abandonada por ele. Depois de muitas dificuldades, conseguiu recuperá-lo. (N.T.)

nobiliárquico de Tadeu; descobriu depois, na mansão dos Laginski, dados incontestáveis: Paz era solteiro e não se sabia de nenhuma filha morta, nem na Polônia e nem na França. Málaga não foi, então, capaz de se defender de um sentimento de terror.

– Minha filha – disse a senhora Chapuzot –, esse monstro (um homem que se contentava em olhar uma bela criatura como Málaga de maneira dissimulada, de soslaio, sem se atrever a dar uma opinião sobre coisa alguma, só podia, na opinião da senhora Chapuzot, ser um monstro) a está domesticando para a fazer praticar alguma coisa ilegal ou criminosa. Deus nos livre se a senhora acabar no tribunal criminal ou, o que me faz tremer dos pés à cabeça, na casa de correção, e o seu nome sair nos jornais... Eu, no seu lugar, sabe o que faria? Muito bem, no *seu* lugar, para a minha segurança, eu avisaria a polícia.

Certo dia quando as mais loucas ideias fermentavam no espírito de Málaga, no momento em que Paz depositou as moedas de ouro sobre o veludo da lareira, ela pegou as moedas e as jogou na cara dele, dizendo:

– Não quero dinheiro roubado.

O capitão entregou as moedas para os Chapuzot e não voltou mais. Clementine na ocasião passava o verão na terra de seu tio, o marquês de Ronquerolles, na Borgonha.

Quando a trupe do circo não mais viu Tadeu no seu lugar de sempre, os boatos começaram a correr entre os artistas. A grandeza de alma de Málaga foi considerada estupidez por uns, astúcia por outros. A conduta do polonês, quando narrada às mais hábeis mulheres, pareceu inexplicável. Tadeu em uma semana recebeu 37 cartas de mulheres galantes. Felizmente para ele, sua incrível reserva não deu combustível ao interesse da sociedade e ficou como objeto de falatório apenas do submundo.

Dois meses mais tarde, a bela amazona, alvejada pelas dívidas, escreveu ao conde Paz a seguinte carta, que os elegantes da época consideraram uma obra-prima:

"O senhor, a quem ainda me atrevo a chamar de meu amigo, poderá ter piedade de mim, depois do que se passou e que o senhor interpretou tão mal? Meu coração desaprova qualquer coisa que o possa ter ferido. Se tive a felicidade de fazer com que o senhor achasse encanto em ficar ao meu lado, como anteriormente acontecia, volte... Do contrário, cairei no desespero. A miséria já chegou e o senhor não sabe o que ela traz de coisas ruins. Ontem, sobrevivi com um tostão de pão e um arenque de dois tostões. É esse o almoço de sua amante? Já não conto mais com os Chapuzot, que me pareciam tão devotados! Sua ausência teve como consequência me fazer ver até o fundo as relações humanas... Um cão que alimentamos nunca mais nos deixa, mas os Chapuzot se foram. Um oficial de justiça, que se fez de surdo, arrestou tudo em nome do proprietário, que não tem coração, e do joalheiro, que se recusou a esperar apenas dez dias; porque com a confiança dos senhores, o crédito também se vai! Que situação para as mulheres que nada têm a se censurar a não ser a sua alegria! Meu amigo, botei no prego tudo o que havia de valor; não tenho mais nada, a não ser a sua lembrança, e justamente agora que o inverno está chegando. Durante o inverno não disponho de aquecimento, uma vez que se representam apenas pequenas comédias no bulevar e não tenho quase nada a fazer, a não ser pontas que não bastam para sustentar uma mulher. Como pôde o senhor interpretar mal a nobreza de meus sentimentos a seu respeito, já que não temos duas maneiras de exprimir nossa gratidão? O senhor, que parecia tão feliz com o meu bem-estar, como pôde me deixar no infortúnio? Oh, meu único amigo na face da terra, antes que eu recomece a percorrer as feiras com o circo Bouthor, porque pelo menos assim ganharei a vida, perdoe-me por haver desejado saber se o perdi para sempre.

Se vier a pensar no senhor no momento em que saltar através do arco, serei capaz de quebrar as pernas ao perder o momento certo! Aconteça o que acontecer, da sua para toda a vida

Margarida Turquet."

"Essa carta", disse consigo mesmo Tadeu, começando a rir, "vale os meus dez mil francos."

Clementine regressou no dia seguinte e nesse mesmo dia Paz a reviu mais bela e mais graciosa do que nunca. Depois do jantar, durante o qual a condessa manteve um ar de perfeita indiferença em relação a Tadeu, ocorreu no salão, após a saída do capitão, um cena entre o conde e sua mulher. Sob o pretexto de pedir conselho a Adam, Tadeu lhe deixara, como por descuido, a carta de Málaga.

– Pobre Tadeu! – exclamou o conde para sua mulher, após observar que Paz dera um jeito de escapulir. – Que desgraça, um homem tão distinto virar o joguete de uma artista de circo de última categoria! Ele assim vai perder tudo, se aviltará e em pouco tempo não será mais possível reconhecê-lo. Veja, minha querida, leia – disse o conde, estendendo à mulher a carta de Málaga.

Clementine leu a carta, que cheirava a tabaco, e jogou-a de lado com um gesto de desgosto.

– Por mais espessa que seja a venda que ele tenha sobre os olhos, sem dúvida percebeu alguma coisa – disse Adam. – Málaga na certa algo lhe fez.

– Ah, ele acaba voltando e acaba perdoando. Vocês só são indulgentes com essas mulheres horrorosas!

– Elas precisam muito disso – afirmou Adam.

– Tadeu agiria muito melhor... ficando em casa – ela replicou.

– Ah, meu anjo, você está indo longe demais – disse o conde, que, de início encantado de rebaixar o amigo aos olhos de sua mulher, não desejava a morte do pecador.

Tadeu, que conhecia bem Adam, lhe havia pedido o mais profundo segredo: havia lhe falado supostamente para se desculpar por seus gastos e para pedir ao amigo autorização para destinar mil escudos a Málaga.

– Ele é um homem de caráter orgulhoso – continuou Adam.

– Como assim?

– Mas então ele não gastou mais de dez mil francos com ela e ainda dá importância a uma carta dessas, antes de lhe entregar uma quantia para que ela pague suas dívidas! Para um polonês, francamente...

– Mas ele pode arruinar você – disse Clementine, com o tom azedo da parisiense quando exprime sua desconfiança de gata.

– Ah, eu o conheço – respondeu Adam. – Ele sacrificaria Málaga e não a nós.

– Veremos – replicou a condessa.

– Se for necessário para a felicidade dele, não hesitarei em lhe pedir que a deixe. Constantino me disse que enquanto durou a ligação deles, Paz, até então uma pessoa tão sóbria, voltou para casa algumas vezes um pouco alegre... Se ele se deixar arrastar pela bebida, ficarei tão sentido como se fosse com meu filho.

– Não fale mais nada! – exclamou a condessa, fazendo outro gesto de desgosto.

Dois dias mais tarde, o capitão percebeu nas maneiras, no tom de voz, nos olhos da condessa, os terríveis efeitos da indiscrição de Adam. O desprezo cavara abismos entre essa mulher encantadora e ele. Por causa disso, logo tombou numa melancolia profunda, corroído por um pensamento: "Você se fez por si mesmo indigno dela".

A vida tornou-se pesada para ele; o mais belo sol ficava toldado a seus olhos. Mesmo assim, sob essas ondas de amargas dores, encontrava momentos de alegria: pôde então se entregar sem nenhum perigo à sua admiração pela condessa, que não lhe dava a menor atenção quando, nas festas, encolhido em um canto, mudo mas puro olhos e coração, não perdia atitude alguma dela, nenhuma de suas apresentações, quando ela cantava. Vivia, enfim, em função dessa bela vida, podia tratar pessoalmente do cavalo que *ela* iria montar, dedicar-se à administração daquela esplêndida casa, para cujos interesses passou a se devotar em dobro. Esses prazeres silenciosos foram amortalhados em seu coração, do mesmo modo que os da mãe cujo filho ignora o que está se passando no coração materno; o que é saber quando se ignora alguma coisa? Não era esse amor mais belo do que o casto amor de Petrarca por Laura, compensado o último de maneira definitiva por um tesouro de glória e pelo triunfo da poesia que havia inspirado? A sensação que D'Assas[39] deve ter experimentado ao morrer não vale por uma vida inteira? Essa sensação Paz experimentou a cada dia sem morrer, mas também sem o prêmio da imortalidade. Que há então no amor para que, não obstante esses secretos prazeres, Paz fosse devorado pelo desgosto? A religião católica engrandeceu de tal modo o amor que nele uniu, de maneira por assim dizer indissolúvel, a estima e a nobreza. O amor não existe sem as superioridades de que se orgulha o homem, e é tão raro ser amado quando se é desprezado, que Tadeu morria das feridas que ele havia voluntariamente se infligido. Dizer a si mesmo que ela o amara e morrer?... O pobre amoroso teria sentido que a vida teria valido a pena. As angústias de sua situação anterior lhe pareciam preferíveis a ter de viver perto dela, cumulando-a de generosidades sem ser apreciado, compreendido. Desejava, em suma, uma recompensa por sua virtude. Emagreceu e empalideceu e caiu tão doente, devorado

---

39. D'Assas: o cavaleiro Louis d'Assas (1733-1760) sacrificou a vida ao gritar à noite para alertar os companheiros de uma emboscada. (N.T.)

por uma pequena febre, que durante o mês de janeiro foi obrigado a ficar de cama, sem querer consultar um médico. O conde Adam alimentou vivas inquietudes sobre seu pobre Tadeu. A condessa teve então a crueldade de dizer, durante uma reunião íntima:

– Deixe-o em paz. Não vê que ele tem algum remorso olímpico?

Essa declaração deu a Tadeu a coragem do desespero; ele se levantou, saiu, tentou se distrair e recuperou a saúde. Em fevereiro, Adam perdeu uma soma considerável no Jóquei Clube e, como temia a esposa, veio pedir a Tadeu para colocar o prejuízo na conta de suas dissipações com Málaga.

– O que há de extraordinário que essa artista de circo lhe haja custado vinte mil francos? Isso só interessa a mim; ao passo que, se a condessa souber que os perdi no jogo, ficarei diminuído em sua estima, e ela ficaria preocupada com o futuro.

– Outra vez! – exclamou Tadeu, deixando escapar um profundo suspiro.

– Ah, Tadeu, esse favor nos deixaria quites, ainda que eu já te deva tanto.

– Adam, você um dia vai ter filhos, não jogue mais – pediu o capitão.

– Málaga agora nos dá uma despesa de vinte mil francos! – exclamou a condessa, alguns dias depois, ao se inteirar do favor que Adam fizera a Paz. – Dez mil francos anteriormente, ao todo trinta mil! Mil e quinhentos francos de renda, o preço de meu camarote nos Italiens, a fortuna de muitos burgueses... Ah, vocês poloneses – dizia ela, enquanto colhia flores em sua bela estufa – são inacreditáveis. Você não fica furioso, não?

– Ah, coitado do Paz...

– Coitado do Paz, coitado do Paz – repetiu ela, interrompendo-o. – Qual é o bem que ele nos faz? Vou administrar a casa, eu mesma em pessoa! Você lhe dará os cem luíses de renda que ele recusara e ele se arranjará como achar melhor com o circo Olímpico.

– Mas ele nos é muito útil, ele nos economizou com certeza mais de quarenta mil francos em um ano. Além disso, meu anjinho, ele aplicou para nós cem mil francos no banco Rothschild, ao passo que um administrador nos teria roubado...

Clementine acalmou-se, mas nem por isso foi menos dura com Tadeu. Dias depois, pediu a Paz para vir a seu gabinete, onde um ano antes ela ficara tão surpresa ao compará-lo com o conde; dessa vez o recebeu a sós sem sentir nisso o menor perigo.

– Meu querido Paz – ela lhe disse, com a familiaridade sem consequências que os importantes exibem em relação a seus inferiores. – Se gosta de Adam como diz, faria uma coisa que ele nunca lhe pedirá, mas que eu, sua mulher, não hesito em lhe exigir...

– Trata-se de Málaga – disse Tadeu, com uma profunda ironia.

– Muito bem, é isso mesmo – respondeu ela. – Se o senhor deseja continuar em nossa companhia até o fim de seus dias, se deseja que continuemos amigos, deixe-a. Como um velho soldado...

– Tenho apenas 35 anos e nenhum cabelo branco! – retrucou ele.

– Mas tem a atitude de quem os possui, é a mesma coisa – ela afirmou. – Como um homem tão preciso nas contas, tão distinto...

O que havia de terrível nessa frase era ser dita por ela com a evidente intenção de despertar nele a nobreza de alma que acreditava extinta.

– Tão distinto como o senhor é de fato – continuou ela, após uma pausa imperceptível que levou Paz a esboçar um gesto –, se deixa ludibriar como uma criança! Sua aventura com Málaga a tornou célebre... Muito bem, meu tio a quis ver, e a viu. Meu tio não foi o único, Málaga recebe muito bem todos esses homens... Acreditei que o senhor tinha uma alma nobre... Que coisa horrível! Vejamos, essa será para o senhor uma perda tão grande que não possa ser reparada?

– Senhora, se eu soubesse de algum sacrifício que pudesse fazer para ganhar outra vez sua estima, eu o faria imediatamente; mas deixar Málaga não é um...

– No seu lugar, é também o que eu diria, se fosse homem – respondeu Clementine. – Pois bem, se eu considerar isso um grande sacrifício, não terá do que se queixar.

Paz retirou-se, temendo fazer alguma besteira, pois sentia-se invadido por ideias disparatadas. Foi caminhar ao ar livre, vestido com leveza apesar do frio, sem conseguir apagar o fogo do rosto e da testa. "Acreditei que o senhor tinha a alma nobre." Essas palavras, ele as escutaria para sempre. "E há apenas um ano", se dizia, "meu único objetivo era derrotar os russos!"

Pensava em abandonar o palácio Laginski, alistar-se nos spahis e se deixar matar na África, mas foi detido por terrível medo: "Sem mim, o que acontecerá com eles? Em pouco tempo estarão arruinados. Pobre condessa! Que vida horrível terá, se estiver reduzida a apenas 30 mil libras de renda! Vamos" – disse a si mesmo –, "já que ela está perdida para mim, coragem, terminemos o que começamos."

Todos sabem que depois de 1830 o carnaval teve em Paris um progresso prodigioso, que o tornou europeu e bem mais burlesco, muito mais animado do que o extinto carnaval de Veneza. Será isso por que, tendo as fortunas diminuído sem medida, os parisienses trataram de inventar de se divertir coletivamente, do mesmo modo que seus clubes hoje fazem o papel de salões sem a dona da casa, sem a polidez e a baixo custo? Seja qual for o motivo, o mês de março prodigaliza então esses bailes em que a dança, a farsa, a alegria grosseira, o delírio, as imagens grotescas e as brincadeiras exacerbadas pelo espírito parisiense atingem dimensões gigantescas. Essa loucura tinha então, na Rue Saint-Honoré, o seu Pandemônio e em Musard[40] o seu Napoleão, um homenzinho feito na medida para comandar uma música tão poderosa quanto a multidão em desordem, e para conduzir o galope, essa dança de mãos dadas do sábado, uma das glórias de Auber[41], já que só encontrou sua forma e sua poesia depois do grande galope de *Gustavo*[42]. Esse grandioso final não poderia servir de símbolo de uma época em que, há 50 anos, tudo desfila com a rapidez de um sonho? Ora, o grave Tadeu, que trazia no coração uma divina imagem imaculada, foi propor a Málaga, a rainha das danças de carnaval, passarem uma noite no baile Musard, depois de saber que a condessa, disfarçada dos pés à cabeça, deveria ir ver, com duas outras jovens senhoras acompanhadas de seus maridos, o curioso espetáculo de um desses bailes monstruosos. Na terça-feira gorda do ano de 1838, às quatro da manhã, a condessa, envelopada num dominó negro e sentada na bancada de um dos anfiteatros dessa sala babilônica, onde desde então Valentino[43] dá seus concertos, viu Tadeu desfilar no galope, fantasiado de Roberto Macaire[44], conduzindo a amazona fantasiada de índia, a cabeça enfeitada com plumas como um cavalo da sagração, pulando por sobre os grupos de pessoas como um verdadeiro fogo-fátuo.

---

40. Musard: músico popular (1789-1853). Sua orquestra era famosa na animação de bailes públicos. (N.T.)

41. Auber: Daniel-François Auber (1782-1871), famoso compositor de músicas populares. (N.T.)

42. *Gustavo*: ópera de Auber com libreto de Scribe, muito popular na época. O galope era uma dança acelerada em compasso binário, de coreografia variada, que geralmente terminava as quadrilhas francesas. (N.T.)

43. Valentino: Henri-Justin-Armand Valentino (1787-1865), chefe de orquestras de música popular e organizador de bailes. (N.T.)

44. Roberto Macaire: personagem da comédia de Frédérick Lemaître de mesmo nome, um tipo picaresco e esperto. (N.T.)

– Ah, vocês poloneses são gente sem caráter – disse Clementine ao marido. – Quem não teria confiado em Tadeu? Ele me deu sua palavra, sem saber que eu estaria aqui, vendo tudo e sem ser vista.

Alguns dias depois ela recebeu Paz para jantar. Após o jantar, Adam os deixou a sós e Clementine recriminou Tadeu, de maneira a lhe fazer sentir que ela não o queria mais em sua casa.

– Sim, minha senhora – disse humildemente Tadeu –, tem razão, sou um miserável, eu havia lhe dado a minha palavra. Mas o que quer? Eu tinha decidido deixar Málaga após o carnaval... Serei franco, acima de tudo: essa mulher exerce tal poder sobre mim que...

Uma mulher que se faz expulsar pelos policiais do salão Musard, e por causa de que dança!

– Estou de acordo, aceito a condenação, deixarei a *sua* casa; mas conhece Adam. Se lhes entrego as rédeas de sua fortuna, a senhora terá de despender um bocado de energia. Se por um lado sou viciado em Málaga, por outro sei como cuidar dos seus negócios, lidar com o seu pessoal e vigiar as menores coisas. Permita-me, pois, não lhes deixar até que a senhora esteja em condições de dar prosseguimento à minha administração. Estão completando agora três anos de casamento e a senhora está ao abrigo das primeiras loucuras que a lua de mel faz cometer. As parisienses, mesmo as de título mais nobre, hoje se saem muito bem na direção de uma fortuna e de uma casa... Muito bem: quando eu estiver certo não tanto de sua capacidade como de sua firmeza, eu deixarei Paris.

– É o Tadeu de Varsóvia e não o Tadeu do circo que está falando – respondeu ela. – Volte para nós curado.

– Curado... jamais – disse Paz, os olhos baixos contemplando os bonitos pés de Clementine. – A senhora ignora, condessa, o quanto essa mulher tem de penetrante e surpreendente – e acrescentou, sentindo sua coragem fugir: – Não há mulher da sociedade com seus modos afetados que valha essa natureza franca de animal jovem...

– O fato é que eu não desejaria ter qualquer coisa de animal – disse a condessa, lançando-lhe um olhar de víbora enfurecida.

A partir dessa manhã, o conde Paz pôs Clementine a par de seus negócios, se fez seu preceptor, lhe ensinou as dificuldades da gestão de seus bens, o verdadeiro preço das coisas e as maneiras de não se deixar roubar em demasia pelas pessoas. Ela podia contar com Constantino e fazê-lo seu mordomo. Tadeu havia formado Constantino. Em maio, a condessa lhe pareceu plenamente capaz de comandar sua fortuna; Clementine era uma dessas mulheres de olhar certeiro, cheias de instinto e em quem o talento para a administração doméstica é inato.

Essa situação, conduzida por Tadeu com tanta naturalidade, esbarrou em um episódio terrível para ele, já que seus sofrimentos não deveriam ser tão doces quanto ele queria fazer crer. Esse pobre amante não contara com o acaso. Acontece que Adam caiu seriamente doente. Tadeu, em lugar de partir, serviu de enfermeiro ao amigo. O devotamento do capitão foi infatigável. Uma mulher que tivesse interesse em explorar a sua perspicácia teria visto no heroísmo do capitão uma espécie de punição, que as almas nobres se impõem para reprimir seus maus pensamentos involuntários; mas as mulheres ou veem tudo ou não veem nada, conforme a sua disposição de espírito: o amor é sua única luz.

Durante 45 dias Paz velou, cuidou de Mitgislas, sem que parecesse pensar em Málaga, pela excelente razão de que jamais havia pensado nela. Vendo Adam à morte sem que morresse, Clementine reuniu os mais célebres médicos.

– Se ele se salvar, será talvez apenas por um esforço da natureza – disse o médico mais ilustre. – Toca aos que cuidam dele estar atentos a este momento e secundar a natureza. A vida do conde está nas mãos de seus enfermeiros.

Tadeu foi comunicar essa sentença a Clementine, que fora se sentar no pavilhão chinês, tanto para descansar de suas fadigas quanto para deixar o campo livre aos médicos e não incomodá-los. Percorrendo as sinuosidades da alameda arenosa que levava do quarto ao rochedo sobre o qual se elevava o pavilhão, o apaixonado de Clementine sentia-se como no fundo de um dos abismos descritos por Alighieri. O infeliz não previra a possibilidade de se tornar marido de Clementine e havia por iniciativa própria se enfiado em uma poça de lama. Ele lá chegou com o rosto decomposto, sublime pela dor. Sua cabeça, como a de Medusa[45], comunicava o desespero.

– Morreu?... – perguntou Clementine.

– Ele está condenado; pelo menos entregaram nas mãos da natureza. Não vá, eles ainda estão lá, e Bianchon[46] vai retirar ele mesmo os aparelhos.

– Coitado! Eu me pergunto se não o atormentei alguma vez – ela disse.

– A senhora o fez muito feliz – disse Tadeu. – Fique tranquila quanto a isso. E foi indulgente com ele...

– Minha perda seria irreparável.

– Mas, minha cara, supondo que o conde não resista, já não o havia julgado?

– Eu o amava sem ser cega – ela disse. – Mas o amei como uma mulher deve amar o marido.

– A senhora deve então lamentar menos do que se perdesse um desses homens que são o orgulho, o amor e a própria vida de vocês, mulheres – disse Tadeu, com uma voz

---

45. Medusa: figura mitológica, de olhar mortal. Perseu cortou sua horrível cabeça, que tinha serpentes em lugar de cabelos. (N.T.)

46. Bianchon: personagem de ficção, médico, aparece com destaque em vários romances de "A comédia humana", como *Memórias de duas jovens esposas*, *Uma dupla família* e *Estudo de mulher*.

que Clementine não conhecia. – Pode ser sincera com um amigo como eu... Eu lamentarei a sua falta!... Bem antes de seu casamento, eu o havia convertido em um filho meu e por ele sacrifiquei a minha vida. Ficarei, portanto, sem nenhum interesse sobre a Terra. Mas a vida é ainda bela para uma viúva de 24 anos.

– Ah, sabe que eu não amo ninguém – ela disse com a brusquidão da dor.

– A senhora não sabe ainda o que é amar – disse Tadeu.

– Ah, marido por marido, sou sensata o suficiente para preferir uma criança como meu pobre Adam a um homem superior. Logo fará trinta dias que nos perguntamos: ele vai sobreviver? Essa perspectiva me preparou bem, assim como ao senhor, para essa perda. Posso ser franca com o senhor. Muito bem, daria a minha vida para conservar a de Adam. A independência de uma mulher em Paris não é apenas a permissão para que se deixe prender às simulações de amor de pessoas arruinadas ou de perdulários? Eu pedia a Deus que me deixasse esse marido tão complacente, um jovem tão bom, tão pouco briguento, e que começava a me temer.

– A senhora é sincera e eu lhe quero ainda mais por isso – disse Tadeu, beijando a mão de Clementine, que o permitiu. – Em momentos tão solenes, há uma satisfação indefinível em se descobrir uma mulher sem hipocrisia. A senhora é uma pessoa com quem se pode conversar. Olhemos o futuro: suponhamos que Deus não a escute e eu sou um dos que estão dispostos a Lhe gritar: "Deixe meu amigo viver!". Sim, essas cinquenta noites não enfraqueceram meus olhos e, se forem necessários trinta dias e trinta noites de cuidados, a senhora dormirá, eu velarei por ele. Eu saberei arrancá-lo da morte se, como *eles* dizem, é possível salvá-lo com cuidados. Mas se, apesar de mim e da senhora, o conde morrer? Muito bem, se a senhora fosse amada, ah, mais do que isso, adorada por um homem corajoso e de um caráter digno do seu...

– Já desejei talvez ser amada loucamente, mas não encontrei...

– E se estivesse enganada...

Clementine olhou Tadeu fixamente, atribuindo-lhe mais um sentimento erótico do que de amor, cobriu-o com seu desprezo, medindo-o dos pés à cabeça, e o esmagou com duas palavras:

– Pobre Málaga!

Ela as pronunciou em três tons que só as grandes damas sabem encontrar no registro de seus desdéns. Levantou-se, deixando Tadeu em estado de choque, já que não se voltou; caminhou com altivez em direção ao seu toucador e de lá subiu ao quarto de Adam.

Uma hora mais tarde, Paz retornou ao quarto do doente e, como se não tivesse sido golpeado mortalmente, tratou do conde. A partir desse momento fatal tornou-se taciturno; travava, além do mais, um duelo com a doença, e a combatia de modo a despertar a admiração dos médicos. A qualquer hora seus olhos luziam como duas lâmpadas. Sem demonstrar a Clementine o menor ressentimento, escutava seus agradecimentos sem aceitá-los, parecia surdo. Ele se havia dito: "Ela vai me dever a vida de Adam!" e essa afirmação ele a escrevera por assim dizer em letras de fogo no quarto do doente. No décimo quinto dia Clementine foi obrigada a diminuir seus cuidados, sob pena de sucumbir a tantas fadigas. Paz era infatigável. Por fim, no final de agosto, Bianchon, o médico da casa, declarou a Clementine que respondia pela vida do conde.

– Ah, minha senhora, não me deve nenhuma obrigação – ele disse. – Sem seu amigo não conseguiríamos salvá-lo.

No dia seguinte à cena terrível do pavilhão chinês, o marquês de Ronquerolles tinha vindo ver seu sobrinho, já que partia para a Rússia encarregado de uma missão secreta, e Paz, arrasado desde a véspera, havia trocado algumas palavras com o diplomata. Ora, no dia em que o conde Adam e sua mulher puderam por fim sair de caleça pela primeira vez, no momento em que a viatura transpunha o portão, um gendarme entrou no pátio do palacete e perguntou pelo conde Paz. Tadeu, sentado no banco da frente da caleça, voltou-se para pegar uma carta que trazia o timbre do Ministério do Exterior e a pôs no bolso lateral do casaco, em um movimento que impediu Clementine e Adam de lhe dizerem qualquer coisa. Não se pode negar às pessoas da sociedade a ciência de uma linguagem que não necessita de palavras. Não obstante, Adam, usando dos privilégios de um convalescente, cujos caprichos devem ser sempre atendidos, disse a Tadeu:

– Não existe nenhuma indiscrição entre dois irmãos que se querem tanto quanto nós; você sabe muito bem o que contém essa correspondência. Diga-me o que é, estou ardendo de curiosidade.

Clementine olhou Tadeu com irritação e disse ao marido:

– Ele está sempre emburrado comigo há dois meses, de modo que nem vou me incomodar em insistir.

– Ah, por Deus – respondeu Tadeu. – Como não vou mesmo poder impedir os jornais de dar a notícia, vou lhes revelar logo que segredo é esse: o imperador Nicolau me fez o bem de me nomear capitão de um regimento que partirá na expedição contra Khiva[47].

– E você vai? – exclamou Adam.

– Vou sim, meu caro. Cheguei aqui como um capitão e como um capitão me vou... Málaga poderia me levar a fazer besteiras. Amanhã jantaremos juntos pela última vez. Se não partisse em setembro para São Petersburgo, precisaria ir para lá por terra, e não sou rico, devo deixar a Málaga sua pequena independência. Como não cuidar do futuro da única mulher que me soube compreender? Ela me considera grande, ela me

---

47. Expedição contra Khiva: campanha militar organizada pela Rússia em 1839 contra o rei de Khiva, região do Turquestão. (N.T.)

considera belo. Málaga talvez me seja infiel, mas por mim ela passaria pelo...

– Pelo arco, pelo senhor, e cairia muito bem outra vez sobre o cavalo – disse Clementine com vivacidade.

– Ah, a senhora não conhece Málaga – disse o capitão com profunda amargura e um olhar cheio de ironia que tornaram Clementine pensativa e inquieta.

– Adeus, jovens árvores deste belo Bois de Boulogne, onde passeiam as parisienses, onde passeiam os exilados que aqui encontram uma pátria. Estou seguro de que meus olhos não tornarão a ver as verdes árvores da Alameda das Senhoritas, nem as do Caminho das Damas, nem as acácias, nem o cedro dos largos... Uma vez nas fronteiras da Ásia, obedecendo aos desígnios do grande imperador que eu quis ter por senhor, tendo chegado talvez ao comando de um exército à força de coragem, à força de arriscar minha vida, sentirei talvez saudades dos Champs-Élysées, onde a senhora me fez uma vez subir na carruagem e sentar a seu lado. Enfim, me arrependerei sempre da inflexibilidade de Málaga, a Málaga de quem falo neste instante.

Essas palavras foram ditas de modo a fazer Clementine se arrepiar.

– Ama muito então a Málaga? – ela perguntou.

– Eu lhe sacrifiquei essa honra que jamais sacrificamos...

– E qual é ela?

– Mas... aquela que queremos conservar a qualquer preço aos olhos de nosso ídolo.

Após essa resposta, Tadeu guardou o mais impenetrável silêncio e só o rompeu quando passavam pelos Champs-Élysées, onde disse, mostrando uma construção de madeira:

– Lá está o circo.

Pouco antes de ir jantar na embaixada da Rússia, ele compareceu ao Ministério do Exterior e, pela manhã, partiu para o Havre, antes de a condessa e Adam se levantarem.

– Perdi um amigo – disse Adam com lágrimas nos olhos, ao saber da partida do conde Paz. – Um amigo na verdadeira acepção da palavra. E não sei o que o levou a fugir de minha casa como da peste. Não somos homens capazes de brigar por causa de uma mulher – disse, olhando fixamente Clementine –, e no entanto tudo o que ele dizia ontem de Málaga... Mas ele jamais tocou com um dedo essa mulher...

– Como sabe disso? – perguntou Clementine.

– Naturalmente tive a curiosidade de procurar a senhorita Turquet e a pobre moça até hoje não soube explicar a extrema reserva de Ta...

– Chega, meu senhor – disse a condessa, que se retirou para o seu quarto, pensando: "Não terei sido vítima de uma sublime mistificação?".

Mal acabava ela de dizer essa frase a si mesma e Constantino entregou a Clementine a seguinte carta, que Tadeu rabiscara durante a noite:

"Condessa, deixar-se matar no Cáucaso e ainda levar consigo o seu desprezo é demasiado: deve-se morrer de uma vez só. Eu a amei ao vê-la pela primeira vez, como se deve amar uma mulher que será amada para sempre, mesmo se for infiel; eu, o devedor de Adam, que a tinha escolhido e desposado, eu, o pobre, eu, o administrador voluntário, devotado, de sua casa. Em meio a essa horrível infelicidade, encontrei a mais deliciosa das vidas. Ser em sua casa um instrumento indispensável, me saber útil a seu luxo, a seu bem-estar, foi uma fonte de alegrias; e se essas alegrias estavam vivas na minha alma quando se tratava de Adam, julgue o que elas foram para mim quando uma mulher adorada era a causa e a consequência! Conheci os prazeres da maternidade por meio do amor: aceitei a vida assim. Como os pobres dos grandes caminhos, ergui uma cabana de pedras à margem de vossa bela propriedade, sem lhe estender a mão. Pobre e infeliz, cegado pela felicidade de Adam, fui eu o doador. Ah, a senhora era cercada por um amor puro como o de um anjo da guarda, ele velava quando a senhora dormia, ele a acariciava com o olhar quando a senhora passava, ele era feliz de existir, a senhora era, em suma, o sol da pátria para esse pobre exilado que lhe escreve com lágrimas nos olhos, pensando nessa felicidade dos primeiros dias. Aos dezoito anos, não sendo amado por ninguém, tinha tomado como ideal de amante a uma encantadora mulher de Varsóvia, a quem dedicava meus pensamentos, meus desejos, ela, a rainha de meus dias e minhas noites! Essa mulher de nada sabia, mas para que contar-lhe?... Eu amava meu amor. Calcule, após essa aventura de minha juventude, o quanto eu era feliz de viver dentro da esfera de sua existência, de cuidar de seu cavalo, de procurar moedas de ouro inteiramente novas para a sua bolsa, de adotar medidas para os esplendores de sua mesa e de suas recepções, de, por meio de meu talento, vê-la eclipsar fortunas superiores à sua. Com que ardor eu me precipitava para Paris quando Adam me dizia: "Tadeu, *ela* quer tal coisa!". É uma dessas felicidades impossíveis de exprimir. A senhora desejou ninharias, em determinados momentos, que me demandaram grandes esforços, como andar durante sete horas de cabriolé, e que delícia era sair a seu serviço! Ao vê-la sorridente no meio de suas flores, sem ser visto, eu esquecia que ninguém me amava... Enfim, eu estava de volta aos meus dezoito anos. Em certos dias, nos quais minha felicidade me virava a cabeça, ia à noite beijar o local onde, em minha imaginação, seus passos deixavam rastros luminosos, do mesmo modo que outrora realizara milagres de ladrão para beijar a chave que a condessa Ladislas tocara com suas mãos ao abrir uma porta. O ar que a senhora respirava era balsâmico, havia para mim mais vida a aspirar e me sentia, como dizem acontecer nos trópicos, esmagado por um vapor carregado de princípios criadores. É necessário dizer essas coisas para lhe explicar a estranha fatuidade de meus pensamentos involuntários. Preferiria morrer a lhe confessar meu segredo! A senhora deve se recordar de alguns dias de curiosidade, nos quais desejou conhecer o autor dos milagres que por fim lhe tocaram. Acreditei, e perdoe-me por isso, que a senhora me amaria. A sua benevolência, seus olhares interpretados do ponto de vista de um amante, me pareceram tão perigosos para mim que me presenteei com Málaga, sabendo que era uma dessas ligações que as mulheres não perdoam; eu me presenteei com ela no momento em que vi meu amor se comunicar de maneira fatal. Arrase-me agora com o desprezo que me prodigalizou de mãos cheias sem que eu o merecesse, mas acredito ser certo que, naquela noite em que a sua tia saiu com o conde, se eu lhe tivesse dito o que acabo de escrever, eu seria como o tigre domado que cravou seus dentes na carne viva, que fareja o calor do sangue e...

Meia-noite.

Não pude prosseguir, a lembrança daquele momento ainda permanece demasiadamente viva! Sim, agora eu deliro. A Esperança estava em seus olhos, a Vitória com suas rubras bandeiras teria brilhado nos meus e fascinado os seus. Meu crime foi o de pensar em tudo isso, talvez da forma errada. A senhora é o único juiz dessa cena terrível em que fui capaz de sufocar o amor, o desejo, as forças mais invencíveis do homem, sob a mão glacial de uma gratidão que precisa ser eterna. Seu terrível desprezo me puniu. A senhora me provou que não é possível a recuperação nem do desgosto e nem do desprezo. Eu a amei como um insensato. Se Adam morresse, eu teria partido; devo com mais forte razão partir, tendo Adam se salvado. Ninguém arranca seu amigo dos braços da morte para enganá-lo. Além do mais, minha partida é o castigo para o pensamento que tive de deixá-lo morrer, quando os médicos me disseram que a vida dele dependia de seus enfermeiros. Adeus, minha senhora; tudo perco ao deixar Paris, e a senhora nada perde não mais me tendo perto de si.

Do seu devotado

Tadeu Paz."

“Se meu pobre Adam diz haver perdido um amigo, que perdi então eu?” – pensou Clementine, permanecendo abatida, olhos fixos em uma flor do tapete.

Eis a carta que Constantino entregou em segredo ao conde:

“Meu querido Mitgislas, Málaga me contou tudo. Em nome da sua felicidade, nunca deixe escapar, quando estiver com Clementine, uma única palavra sobre suas visitas à amazona; e faça-a sempre acreditar que Málaga me custa cem mil francos. Com o caráter que tem a condessa, ela não lhe perdoaria nem suas perdas no jogo e nem suas visitas a Málaga. Não me dirijo a Khiva, mas sim ao Cáucaso. Estou dominado pela melancolia; e da maneira como vou, serei o príncipe Paz em três anos ou morrerei. Adeus; ainda que eu tenha retirado sessenta mil francos do banco Rothschild, estamos quites.

Tadeu.”

– Como sou imbecil! Quase me entreguei há pouco – disse consigo mesmo Adam.

Transcorridos três anos da partida de Tadeu, os jornais não falam ainda em um príncipe Paz. A condessa Laginska se interessa enormemente pelas expedições do imperador Nicolau; ela é russa de coração e lê com avidez todas as notícias que vêm daquele país. Uma ou duas vezes, a cada inverno, ela pergunta ao embaixador, com ar indiferente:

– Sabe o que aconteceu com o nosso pobre conde Paz?

É triste! A maior parte das parisienses, essas criaturas supostamente tão perspicazes e refinadas, passam e continuarão sempre a passar ao lado de um Paz sem notá-lo. Sim, mais de um Paz continua ignorado; porém, o que é terrível de pensar, o desconhecimento continua mesmo quando eles são amados. A mais simples mulher do mundo ainda exige do maior dos homens um pouco de charlatanismo, e o mais belo amor nada significa quando em estado bruto: ele necessita da cerimônia da lapidação e da ourivesaria.

Em janeiro de 1842, a condessa Lasinska, adornada de sua doce melancolia, inspirou a mais furiosa paixão ao conde de La Palférine[48], um dos leões mais ousados da Paris atual. La Palférine compreendeu o quanto a conquista de uma mulher guardada por uma Quimera[49] era difícil e contou, para conquistar essa dama encantadora, com a surpresa e o devotamento de uma mulher um tanto ciumenta de Clementine e que deveria se prestar a fazê-la cair em um ardil.

Incapaz, apesar de toda a sua inteligência, de suspeitar de uma tal traição, a condessa Laginska cometeu a imprudência de ir com a suposta amiga ao baile de máscaras da Ópera. Por volta das três da manhã, arrastada pela embriaguez do baile, Clementine, para quem La Palférine exibira todo tipo de seduções, consentiu em sair para jantar e preparou-se para subir na carruagem dessa falsa amiga. Nesse momento crítico, foi detida por um braço vigoroso e, apesar de seus gritos, levada para a sua própria carruagem, que a esperava de portinhola aberta e que ela ignorava estar ali.

– Ele não saiu de Paris – ela gritou, ao reconhecer Tadeu, que fugiu depois de se certificar de que a carruagem levava a condessa.

Teve uma mulher alguma vez um romance como esse na vida?

A qualquer momento Clementine espera rever Paz.

Paris, janeiro de 1842.

---

48. Conde de La Palférine: figura ficcional, aristocrata arruinado e sedutor, aparece em várias histórias, como *Um príncipe da Boêmia* e *Um homem de negócios*. (N.T.)

49. Quimera: figura mitológica, com cabeça de leão, corpo de cabrito e cauda de dragão, que cuspia fogo. (N.T.)

Coleção **L&PM** POCKET

ÚLTIMOS LANÇAMENTOS

1303.**Reinações de Narizinho** – Monteiro Lobato
1304.**O Saci** – Monteiro Lobato
1305.**Memórias da Emília** – Monteiro Lobato
1306.**O Picapau Amarelo** – Monteiro Lobato
1307.**A reforma da Natureza** – Monteiro Lobato
1308.**Fábulas** ***seguido de*** **Histórias diversas** – Monteiro Lobato
1309.**Aventuras de Hans Staden** – Monteiro Lobato
1310.**Peter Pan** – Monteiro Lobato
1311.**Dom Quixote das crianças** – Monteiro Lobato
1312.**O Minotauro** – Monteiro Lobato
1313.**Um quarto só seu** – Virginia Woolf
1314.**Sonetos** – Shakespeare
1315(35).**Thoreau** – Marie Berthoumieu e Laura El Makki
1316.**Teoria da arte** – Cynthia Freeland
1317.**A arte da prudência** – Baltasar Gracián
1318.**O louco** ***seguido de*** **Areia e espuma** – Khalil Gibran
1319.**O profeta** ***seguido de*** **O jardim do profeta** – Khalil Gibran
1320.**Jesus, o Filho do Homem** – Khalil Gibran
1321.**A luta** – Norman Mailer
1322.**Sobre o sofrimento do mundo e outros ensaios** – Schopenhauer
1323.**Epidemiologia** – Rodolfo Sacacci
1324.**Japão moderno** – Christopher Goto-Jones
1325.**A arte da meditação** – Matthieu Ricard
1326.**O adversário secreto** – Agatha Christie
1327.**Pollyanna** – Eleanor H. Porter
1328.**Espelhos** – Eduardo Galeano
1329.**A Vênus das peles** – Sacher-Masoch
1330.**O 18 de brumário de Luís Bonaparte** – Karl Marx
1331.**Um jogo para os vivos** – Patricia Highsmith
1332.**A tristeza pode esperar** – J.J. Camargo
1333.**Vinte poemas de amor e uma canção desesperada** – Pablo Neruda
1334.**Judaísmo** – Norman Solomon
1335.**Esquizofrenia** – Christopher Frith & Eve Johnstone
1336.**Seis personagens em busca de um autor** – Luigi Pirandello
1337.**A Fazenda dos Animais** – George Orwell
1338.**1984** – George Orwell
1339.**Ubu Rei** – Alfred Jarry
1340.**Sobre bêbados e bebidas** – Bukowski
1341.**Tempestade para os vivos e para os mortos** – Bukowski
1342.**Complicado** – Natsume Ono
1343.**Sobre o livre-arbítrio** – Schopenhauer
1344.**Uma breve história da literatura** – John Sutherland
1345.**Você fica tão sozinho às vezes que até faz sentido** – Bukowski
1346.**Um apartamento em Paris** – Guillaume Musso
1347.**Receitas fáceis e saborosas** – José Antonio Pinheiro Machado
1348.**Por que engordamos** – Gary Taubes
1349.**A fabulosa história do hospital** – Jean-Noël Fabiani
1350.**Voo noturno** ***seguido de*** **Terra dos homens** – Antoine de Saint-Exupéry
1351.**Doutor Sax** – Jack Kerouac
1352.**O livro do Tao e da virtude** – Lao-Tsé
1353.**Pista negra** – Antonio Manzini
1354.**A chave de vidro** – Dashiell Hammett
1355.**Martin Eden** – Jack London
1356.**Já te disse adeus, e agora, como te esqueço?** – Walter Riso
1357.**A viagem do descobrimento** – Eduardo Bueno
1358.**Náufragos, traficantes e degredados** – Eduardo Bueno
1359.**Retrato do Brasil** – Paulo Prado
1360.**Maravilhosamente imperfeito, escandalosamente feliz** – Walter Riso
1361.**É...** – Millôr Fernandes
1362.**Duas tábuas e uma paixão** – Millôr Fernandes
1363.**Selma e Sinatra** – Martha Medeiros
1364.**Tudo que eu queria te dizer** – Martha Medeiros
1365.**Várias histórias** – Machado de Assis
1366.**A sabedoria do Padre Brown** – G. K. Chesterton
1367.**Capitães do Brasil** – Eduardo Bueno
1368.**O falcão maltês** – Dashiell Hammett
1369.**A arte de estar com a razão** – Arthur Schopenhauer
1370.**A visão dos vencidos** – Miguel León-Portilla
1371.**A coroa, a cruz e a espada** – Eduardo Bueno
1372.**Poética** – Aristóteles
1373.**O reprimido** – Agatha Christie
1374.**O espelho do homem morto** – Agatha Christie
1375.**Cartas sobre a felicidade e outros textos** – Epicuro
1376.**A corista e outras histórias** – Anton Tchékhov
1377.**Na estrada da beatitude** – Eduardo Bueno
1378.**Freud: a cura pelo espírito** – Stefan Zweig
1379.**O nascimento da tragédia** – Friedrich Nietzsche
1380.**Tempos difíceis** – Charles Dickens
1381.**A aventura da tumba egípcia e outras histórias** – Agatha Christie
1382.**A aventura da tumba egípcia e outras histórias** – Agatha Christie
1383.**Uma paixão no deserto** ***seguido de*** **A paz conjugal** – Honoré de Balzac
1384.**Um episódio durante o terror** ***seguido de*** **A falsa amante** – Honoré de Balzac
1385.**Vamos colorir!!!: Um livro para todas as idades** – L&PM Editores
1386.**Feliz por nada** – Martha Medeiros
1387.**Simples assim** – Martha Medeiros
1388.**A graça da coisa** – Martha Medeiros
1389.**A forma da água** – Andrea Camilleri
1390. **O cão de terracota** – Andrea Camilleri
1391.**Resumo da ópera** – A.S. Franchini
1392.**Doidas & santas** – Martha Medeiros

IMPRESSÃO:

PALLOTTI
GRÁFICA

Santa Maria - RS | Fone: (55) 3220.4500
www.graficapallotti.com.br